父子目付勝手成敗

深川の隠居

小林力

学研M文庫

本書は文庫のために書き下ろされた作品です。

目次

第一話　礫打《つぶてう》ち

一

若い男が、川っぷちで石を投げている。

石は早朝の光を浴びて、キラキラと小名木川の水面《みなも》を越えていく。

「なんだい、水切りか。朝っぱらから暢気《のんき》なもんだの。いったい、どこの若い衆だ？」

海津《かいつ》家の下男の弥助《やすけ》が庭先で腰をのばして、

「ありゃ」

と言った。

石投げをしている男は、なんと弥助の主人の俊介《しゅんすけ》であった。

——若旦那もまだわけえ気がぬけないねえ。

チッチッと舌打ちする。

弥助だって、いまは俊介が当主なのに、つい「若旦那」と言ってしまうのだが、自分では気がつかない。

なにしろ、代々徒目付《かちめつけ》の家で、あるじの海津軍兵衛《ぐんべえ》が息子の俊介に家督を譲って隠居してから、まだ半年と少々なのである。弥助はこの家に奉公してもう十年を超えた。

「やっ！」

屋敷の中に戻ろうとしていた弥助が、足をとめた。

旦那の俊介は、水切りで遊んでいるのではないようだった。

対岸の縁に打ち込んである杭、それも決まった杭を狙って投げ打っているらしい。

小名木川はおおきな川ではないが、大川とつながっている。だから満潮のときは川幅は優に二十五間を超す。

それを、俊介はらくらくと越す。

俊介は柔らかい躰《からだ》つきをして、やや小柄。丸い眼をした、一見おとなしそうな若者である。

それが、川を越すだけではない。三発に一発は狙っているらしい杭にカチンと当てている。

「フーン。なんのためだか？」

弥助は首をひねりながら、台所の方へ引っ込んだ。

六月初旬の早朝である。

いまの暦なら七月初めにあたる。

青く晴れた空には白雲が湧いている。

梅雨《つゆ》もなかばで、深川元町の組屋敷の近辺は木立の濃い緑が眼に突き刺さるほどまぶしい。庭には紫陽花《あじさい》の残り花がひっそりと紫に咲いている。

「あら、弥助さん、お早うございます」

はずむような若い女の声がした。

出入りの医師の娘お弓《ゆみ》が、浴衣《ゆかた》の裾《すそ》をちょっとあげて、にこにこ笑いかけている。

「おお。あれ、見なせえ」

弥助が川の方を指さした。

「あら、俊介さま。なにしてるんでしょ？」

「さあねえ。さっきから、ああして石を投げてるんだが、なんのおまじないだか、おれにはわかんねえ」

「ほんと。きょうは非番かしらね」

「いや。そうでねえ。非番は昨日だったからよ。きょうは夜詰のはずで」

「ふうん。子供みたい。なにしてるんでしょ」

お弓は軍兵衛の持薬を届けに、さっさと台所へはいっていった。

川風がお弓の髪をなぶってゆく。

「平家蟹《へいけがに》」という綽名《あだな》のこの屋敷の隠居・軍兵衛は日課の「韋駄天稽古《いだてんげいこ》」に出ていって、まだ帰っていない。

軍兵衛は「お上」の不公正と堕落を正すのをおのれの天職と信じて、早々と隠居した。

そして、軍兵衛が「不正、不当」と断じた人物は、いつ何時でも人知れず処断するために、日々の鍛錬を怠らないのである。

江戸の町はいまのところ、こともなさそうに見える。

ところが……。

二

同じ時刻頃。

大久保・抜弁天《ぬけべんてん》わきの武家屋敷では、寝坊した中間《ちゅうげん》の五助《ごすけ》が、ようやく寝床から這い出して……。

肝をつぶした。

寝坊の言い訳をしようと覗いた女中部屋で、下女が、なんと首をほとんど斬り落とされて、血の海のなかで死んでいた。黒ずんだ血は枕から布団、畳にまで染みこんでいる。

「うひゃあ！」

と、のけぞって奥に駆けこみ、寝間を覗くと、奥方が、同じような無残な姿でこときれていた。

あるじはゆうべは夜詰で、留守である。五助は泡を食って、屋敷のなかを駆け回った。

娘（というか若いやもめ）のおいとの姿がない。

尻を蹴飛ばされたように、五助は外へ飛び出してみた。

すると……。

おいとは屋敷前の道路に、緋縮緬《ひちりめん》の長襦袢《ながじゅばん》姿で倒れていた。

おいとだけ首は斬られておらず、うしろから心ノ臓を一突きにされ、顔に手拭がかけてあった。

地面には、黒々と血がにじんでいる。

屋敷は抜弁天と二間足らずの道をへだてて、向かい合っている。

ことし二十一、若いやもめのおいとは、どうやら逃げようとしたようだ。

そこを、追い付いた下手人にうしろからやられたらしく、両の手を弁天様のほうへ、いっぱいに差し伸ばして死んでいた。

この、おいとの指先が後に問題になる。無論、このときには五助はそんなことは知るよしもない。

抜弁天は俗称で、正式には厳島神社《いつくしま》である。昔、八幡太郎義家《はちまんたろうよしいえ》が戦勝のお礼に建立したといわれる。

なぜ、「抜弁天」などというのか。

これには、さまざまな説がある。

同じ境内の二尊院《にそんいん》へ抜けられるから。

ひとびとが浮世の苦難を切り抜けられるという霊験あらたかだから。

また、道が三角に交差するちょうど角のところにあり、境内を南北に通り抜けできるから、など。

いずれにしても、現在ではもう地名のようになっている。

場所が場所なので、徒目付、町奉行、寺社奉行の三者がそれぞれ役人を出して調べに当たった。

惨事のあった屋敷のあるじ中村小太夫《なかむらこだゆう》は、西国《さいごく》のさる大藩の上屋敷で広敷用人を務める四十七歳。

殺されていたのは、妻くに四十三歳、娘いと二十一歳、下女のひさ十八歳であった。

道で死んでいたいとは最近、婿養子を不縁にしたが、界隈随一といわれる器量よしだった、という。

後の調べでは、顔の手拭はどこでも配られる祭りの手拭ということで、手掛かりにはならない。

下手人については、中間の五助がなにか心当たりのあるような口ぶりだった。が、そこまでで、パタリ……と調べが止まってしまった。

三

海津軍兵衛の毎朝の日課は、界隈を疾駆する、「韋駄天稽古」である。

その時刻、経路はおおむね決まっている。

毎朝、七ツ半（五時）になると、眉と眼はねあがり、口はへの字にむすばれ、手足の異常に細長い、この異相の武士は屋敷を飛び出す。

経路は深川元町組屋敷を出ると、まず西へまっすぐ行く。新大橋の袂《たもと》で北へ。一つ目橋手前で東へ折れる。

南辻橋で南へ曲がり、木場を大回りして永代寺門前を西へ向かって相川町を北へ。

大川沿いを北へ進み、万年橋手前で東へ折れて小名木川沿いを進み、高橋を渡って組屋敷へ戻る。

いわば深川一帯を、ぐるりと四角形に回るのである。

そして軍兵衛はこの道順を決して変えない。

それが、この男の性分なのである。

ところがこの朝、軍兵衛は初めて道順を変えることになった。

後から考えれば、抜弁天の三人殺しから十日目になるが、あまり予想していなかった人物と出会ったからだ。

威張りくさった太り肉《じし》の小男が、新大橋の袂で銜《くわ》え煙管《ぎせる》を天に向かって突き出していた。

　古い道場仲間の金貸し、飯田三蔵《いいださんぞう》である。

「おお、どうした？」

　と軍兵衛。

「どうもせん。おぬしを待っていたのだ。道を変えるほどの知恵もない男だからの」

「けっ。こいつが」

　軍兵衛は嬉しそうに笑ったのだが、通行人には奇怪な大男が泣いているように見えただろう。

「して、なんの用だ？」

「おう。おぬしに、ちと話したいことがある」

「なんだ？」

　軍兵衛が首を突き出す。

「まず、わしのとこへ寄らぬか。茶ぐらいは出すぞ」

「まあ、よかろう。別に急ぐ旅でもない」

「ふふ。そうじゃろ」

三蔵がくるりと向きを変えて歩き出した。軍兵衛はそのあとをついて行く。

三蔵の家は御舟蔵《おふなぐら》の手前の武家屋敷の間を東へはいった八名川町にある。とっつきの角の二階家だ。

入口に無地の紺暖簾《こんのれん》がかけてあるだけで、看板もなにもない。用のある人にはこれでわかるのだろう。

入ってすぐの部屋には一応、帳場格子があり、天秤《てんびん》や燭台などがある。あるじの座のうしろに刀掛があり、ごつい拵《しつら》えの大脇差がかけてあるのがいささか異様だ。

これは金をあつかう商売柄、用心というより物騒な客への脅しであろう。

——三蔵らしいわ。

軍兵衛はにやりとした。

奥の階段から二階へあがる。

三蔵のところへは何度もきているが、二階へ通されたのは初めてである。

戸も窓もみな開け放ってあり、川風が心地よく吹き抜ける。西には大川を上下する白帆が手にとるように見え、東には目の下に六間堀の澱んだ水を見下ろす。

「ここがおぬしの居間か？」

「まあ、そうだ」

「ふうん」

軍兵衛はじろじろと中を見回す。

床の間にはなにやら小難しい漢字をならべた掛軸がかかり、ここにも大小の刀掛があり、花瓶には百合の花がさわやかに活けてある。

――わしのとこより……。

いいではないか、と軍兵衛は内心おもしろくない。

小僧が茶を持ってきた。ちゃんと菓子がそえてある。

軍兵衛は遠慮なく羊羹《ようかん》をむしゃむしゃと食べ、茶をがぶりと飲む。まだ朝飯前である。

「それで？　なんの話だ？」

「まあ、そうせっつくな」

三蔵は煙管を銜えて、じっと軍兵衛を見ている。

「話というのはな」

「おう」

「女の指のことなのだ」

軍兵衛、ああ、あのことか、とおもう。抜弁天の事件の仔細はかつての腹心、小人目付《こびとめつけ》の天野林蔵《あまのりんぞう》から聞いている。

だが、おのれがこれをどうするかはまだ決めてないから、とりあえずは三蔵の腹のうち（たいていはわかっているが）をさぐることにする。

「例の抜弁天の一件だがな。おぬし、息子殿からなにか聞いておらぬか？」

「いいや、なにも聞いておらん。俊介は役目のことはあまりわしに話さん。もっとも、わしのほうも、聞いてみたりはせんがな」

「ふん。まあ、それもよいがの。実はあの件の調べが行き詰まっておるらしい」

「ほう。なぜ、そんなことを知っている？」

軍兵衛が首を突き出す。

三蔵は煙管を灰吹きでぽんと叩いて、

「ふふ。いつも言うとおりだ。わしは地獄耳なのだぞ」

「ふふん」

軍兵衛は横を向く。

「それでな。さっきも言ったろう。女の指さ。女の指で三すくみ、なのだそうだ」

「なんのことだ？　それは」

軍兵衛はとぼける。三蔵は軍兵衛のしていることをうすうす察して、今度もなにかをやらせようとするのだろうが、ここは韜晦《とうかい》するのみ、と軍兵衛はおもっている。

「つまりな、場所が面倒なのだ」

「場所とはなんだ。おぬしの言うことはさっぱりわからん」

「おぬし、本当に知らんのか？」

と三蔵は、半分疑わしそうに、

「三つの死体のあった場所だよ」

「ふうん？」

「寺社奉行、町奉行、それに徒目付も出張ったことは、わかるな？」

「ああ。当然だな」

「ところが、その三者が皆、この件から手を引いてしまったのだ」

「なぜだ？」

軍兵衛の目がすこし眠そうになった。

「つまりな。三つの役所がそれぞれ『支配違い』を言い立てておるのだそうだ」

「ほう？」

「三人とも屋敷内で殺されておれば、これは武家屋敷内だから問題なく徒目付の仕事さ」

「うむ。それが？」

「それがな。若いやもめというのか、その死体は、道の上にあった」

「うん。生別れでもやもめはやもめだ。それで？」

「そこでだ」

三蔵は、また煙管で灰吹きをぐゎんと叩いた。

「徒目付は、これは道路上だから町奉行の所管だ、と言う」

「そうだろうな。それは理の当然じゃ」

「ところが、町奉行のほうも異議を申し立てた」

「なんと？」

「ここで、女の指が出てくるのさ」

「ふん。もっとわかるように話せ」

軍兵衛は、わざと鼻息を荒くして三蔵を睨《にら》んだ。

「まあまあ」

と三蔵は子供をなだめるような手つきをして、

「つまりな。倒れた女の指先がわずかに、ほんの一寸ほどだそうだが、弁天様の境内の玉砂利にさわっていたのさ」

「ほほう」

「だから、これは寺社奉行の管轄である、と町奉行は言う」

「うーむ。それはどうかのう」

軍兵衛は腕を組んだ。

「まあ待て。ところが寺社のほうも黙ってない」

「ほう。なんと言った？」

「あれは境内ではない。現に諸人が日夜、通り抜けに使用しておるではないか。つまり、あれは道路である」

「ふふん」

「したがって、この件は町奉行と徒目付が協力して調べを進めるのが至当である、とこうだ」

「ふうん」

軍兵衛がほう、という顔をした。

この男がわしになにをさせたいか、はわかっておる。だが、いくらこの男にでも、わしのすべてを知らせることはできぬ。それは、この男を巻き込むことになる、と軍兵衛はおもっている。

「おぬしの前だがな。由来、役人というものはできるだけ己の仕事を減らすことが、ただ一つの仕事、と心得ているやからだ」

と三蔵。

「ふむ。役人全部ではないがな」

軍兵衛は、茶なら飲めぬほど苦い顔をする。

「まあな。それで、できるだけ失点を少なくして、目立つような仕事は一切せぬ。そうして無事昇進を狙い、かたわら袖の下は常にたっぷりいただこうと、こういう種族だ」

「ううむ」

「こんなザマでは、そのうち百姓、町人にも年貢や冥加金《みょうがきん》を納める者がいなくなるぞ」

「……」

軍兵衛はこの上はない、というくらい渋い顔をして、

「で？　下手人の見当は？」

「おお、それよ。見当はちゃんとついておるのだ」

「そうか」

軍兵衛が、いやな顔をした。三蔵はそっぽを向いて話をつづける。

「五助とかいう中間が言うんだがの」

み月ほど前に離縁にされた婿養子の銀次郎《ぎんじろう》が、このところたびたび復縁の話に押しかけて来ていたという。

銀次郎は一見おとなしそうな二十六歳の若者だが、じつは道楽息子を絵にかいたような男だった。

遊ぶ金ほしさに、中村家伝来の刀剣や書画を勝手に持ち出して売り払うことがかさなり、同家もほとほと手を焼いて、ついに離縁した。

銀次郎は事件の直前に同家に現れたとき、

「後悔するぞ！」

と、もっとも強硬に復縁を拒否していた姑のくにに、憎々しく捨て台詞《ぜりふ》を吐いて去った、という。

それを五助は聞いている。

しかも、おいとの寝間には争ったあとがあり、象牙《ぞうげ》の根付《ねつけ》が落ちていたという。

「根付?」

「おう。獅子の彫り物で、銀次郎がいつも煙草入れに付けていたものだそうだ」

「それだけ、証拠まで揃っていて、どこも、どうにもせんのか?」

「そのようだな」

「で? その婿の親元はなんと言っておるのだ?」

「これがの。鈴木新左衛門という寄合席三千石の大旗本でな」

「ほう!」

「あれは、他所《よそ》に差し上げたものだ。当家には一切関わりはない。由来、出戻り娘というものはあるが、出戻り息子などというものはない、とそう言ったそうだ」

「ふうん。親元もよほど持て余していたのだな。でなければ格下の、それも陪《ばい》臣《しん》の家になど、やらんわ」

軍兵衛は腕を組んだ。

「で？　わしにどうしろと言うのだ？」

「いやいや。別にどうしろ、こうしろではない。いちおう、耳に入れておいた方がいいと思ったまでよ」

「ふうん？」

「ああ。もうひとつ、忘れておった」

三蔵がなぜか嬉しそうな顔をした。

「その銀次郎という男だがな。困ったことに、恐ろしく腕が立つそうだ」

「うで？」

「ああ。神道無念流の免許皆伝だそうだ」

「ふーむ」

軍兵衛が煙管を取り出した。三蔵はその様子をじっと見ている。

――この件を今後どうするにしても……。

俊介には、これはなにも言わんほうがよいな。と軍兵衛は考えていた。お役目に、じかに関わりのあることだからな。

三蔵の家からの帰り、軍兵衛は三間町の行きつけの小料理屋『粋月《すいげつ》』を叩き起こし、寝不足の女将《おかみ》の加世《かよ》の顔は見ないようにして、筌《うけ》をふたつ出格子《でごうし》に下げてもらった。

筌ふたつは、御用聞きの長次《ちょうじ》への、

「急用あり」

の合図である。

四

「おのれ！」

夜の河岸で、俊介が、汗みずくになっている。

俊介の綽名は「観音様」という。

福徳円満な顔をしているから、というが、実は俊介の丸い目が神社の境内の鳩ポッポに似ているから、というのが本当のところらしい。

その、諸事おだやかな俊介が血相を変えている。

十間ほどさきに立てた空き瓶に小石を投げつけているのだが、これが意外に難しい。

それでも近頃ようやく、三つに二つは当たるようになった。もう半月あまり毎夜、稽古してやっとここまできた。

はじめは五間の距離で、三つに一つも当たらなかったのである。

瓶がすべて割れてしまうと、俊介は横三寸に縦五寸ほどの板切れを取り出して地面に刺す。

真ん中に墨で一寸ほどの円が描いてある。そこへ投げるのだが、これもなかなか難しい。

俊介は親譲りか、夜目がきく。

——先祖代々。

目がいのちの役目だったからかな、と独《ひと》り笑いしてしまうが、それでも、ちいさな円に当てるのは難しい。

六月も半ばの川原には蚊がおおい。

むしむしと、蒸し暑い。

それでも、俊介は黙々と投げ続ける。

ちょうど、同じころ。

俊介のいる河岸から三丁ほど北、三間町の『粋月』では、軍兵衛が出入りの深川・六間堀の御用聞き長次の報告を聞いていた。

抜弁天の三人殺しの犯人とおもわれる鈴木銀次郎という男が、いま、どこにいて、なにをしているか。その調べを長次に頼んでから、今夜で五日目である。

女将の加世は心得ているから、一杯ずつ酌をすると、かるく躰をしならせて奥へ引っ込んでしまう。

「なに、『若様銀次』だと！」

「へい、屋根屋の弥七とかいう浅草の侠客の客分ということで」

「やくざ者に身を落としたか。綽名なんぞつけられて、いい気になりおって。大旗本の倅《せがれ》だぞ」

軍兵衛がひどい渋面をつくった。

長次はなれているから見ない。見ると酒がまずくなる。

今夜はとりわけ肴《さかな》がいい。枝豆に冷奴《ひややっこ》、それに生きのいいイサキの刺身が出ているのだ。

「なにしろ腕が立つってんで、やくざ仲間には大もてだそうで。いつも、取り巻きを三、四人つれて、のし歩いてますぜ」

「馬鹿な奴めが！」

「まるっきり客扱いでさ」

「ふん」

長次は軍兵衛が憤慨するのを見越して、すこしずつ話している。

「一部屋あたえられて上げ膳据え膳で、毎晩酒を食らっては博奕《ばくち》をしてますわ」

「ふっ！　直参も落ちぶれたものだ」

「それで、もうちょっと気に入らない話があるんですがね」

長次が軍兵衛の顔を見ながら、そろそろとどめの一発を出そうとしている。

「なんだ。さっさと教えぬか」

軍兵衛がぐいと盃をあける。すかさず酌をしながら長次が、

「へえ。この半月ばかりの間に、浅草の編笠茶屋から砂利場へかけての山谷堀近辺で、辻斬りが三度もあったんで」

軍兵衛の眼がギラリと光った。

「狙われたのは吉原帰りだな」

「へえ。それも大店《おおだな》のあるじや隠居ばかりで」

「ふうむ」

「手口は水月の突きか袈裟掛け。どれも一太刀で」

「うーむ。くさいな」

軍兵衛は渋面のまましばらく考えこんでいたが、やがてなにごとか長次にこまかく指示をあたえた。

長次は二度、三度うなずき、盃を綺麗に干してから頭を下げてさっと消えた。

——若様銀次だとぉ。毒虫め！　放ってはおかぬぞ！　人殺しがクセになりおったか。それを三すくみになって手をつかねている腰抜けどもも、腰抜けどもだ！

軍兵衛が、口にまるごと放り込んだ枝豆の殻をペッと吐き出した。

それでも、その相手が腕達者と聞けば、いくら軍兵衛でも多少は気になる。

屋敷に帰ってから、古い武術書を引っ張り出して、神道無念流のことを調べ始めた。

「三寸の利」とか言うようだ。

おのれの躰を左右どちらかに三寸寄せれば、相手は隙だらけに見える、ということのようだ。

だが、よくわからない。

──なに、この眼で見れば……。

わかるわ。

軍兵衛は、ぱたりと古書を閉じた。

次に刀箪笥《かたなだんす》をあけ、愛用の一刀を取り出した。

江戸の刀工、上総介兼重《かずさのすけかねしげ》。

打ち返し、打ち返し、行灯《あんどん》の細い灯で刀身をじっと見つめる。

この刀は反りは浅い。刺突によい。

地は小杢目《こもくめ》がつみ、刃文は勢いのある互《ぐ》の目。長い足が刃中に煙りこむようにのびている。

「ううむ」

軍兵衛はながいこと刀を見ていた。

いくら見ても、見飽きない。

刀には玄妙な、人を引き込む力がある。とくに名刀の刃文は当てる光の角度によって、夢のように千変万化する。

とても金銀、宝玉などの比ではない。この世に、これほど美しいものがあろうか、と思うくらいである。

「うーむ」

軍兵衛はもう一度唸って、大切な兼重の刀身をそろそろと鞘に納めた。

五

海津家の味噌《みそ》、醬油《しょうゆ》と酒の匂いの染みこんだ台所では、女中のおよねと下男の弥助が世間話をしている。

世間話といっても、二人の話はもっぱら大旦那の軍兵衛と若旦那の俊介のことだ。本当は、いまでは俊介が「旦那」なのだが、二人の間ではいまでも「若旦那」である。

弥助はことし六十二の古狸。

皺《しわ》の少ない顔から、髷《まげ》のちいさな頭までツヤのいい渋紙色で、まだシャンシャンしている。

およねも色白で大鯛のようにたっぷり脂の乗った三十五の「いかず後家」だが、そろって無類の忠義者である。

そして、二人は毎日あきずに旦那たちの話をしている。

梅雨の晴れ間のある日の昼過ぎ、こんな立ち話がかわされた。

弥助は、今朝魚屋が届けてくれた鱸《すずき》を、流しのそばの台に置いた俎《まないた》で三枚に下ろしている。

勝手仕事のうち、魚を下ろしたりする荒仕事は弥助の持ちだ。およねは昼の洗い物である。

「若旦那はこの頃、少し変じゃない？」

「いや、そうでもねえ。相変わらずさ」

「でもさ。毎晩みたいに川原で石を投げてるって、弥助さんも言ってたじゃないか」

「ああ、あれは遊びみたいなもんさ。それで半分からだを鍛えなすってるんだよ」

「そうかねえ。あたしゃ、なんか当てがあって、石投げの稽古なすってるんじゃないかと」

「いやいや」

弥助が包丁を置いて手を振った。

「わけえからねえ。ああでもしねえと、男は身がもたねえのさ」

「ふーん。そんなもんかねえ」

「それよりよ。大旦那のこのごろの元気ったら、どうだい」

「そうかねえ。食事もお酒の量も、ちっとも変らないけどねえ」

およねは少々気のない返事をする。

「いやいや。眼だよ、眼。眼の光が違わあ。なんか、張りがおあんなさるね」

「ふーん。すると、あの料理屋の女将かねえ。だいぶ入れ込んでるって噂《うわさ》だけど」

「ちがう、ちがう。女はすぐそんなことを勘ぐる。まったく見当ちげえだ」

「どうしてわかる？」

およねがツンとする。

「だっておめえ。いまでも毎月、亡くなった奥様の墓参りを欠かさねえお方が、うわっついたことをするわけがねえ。それより若旦那だよ」

「なにが？」

　およねが目をピカリと光らせる。

「なにがっておめえ。あのお弓って子よ。若旦那が御熱心な」

「お弓ちゃんはいい子だよ。まだ十七だけど、ほんとにしっかりして、優しい。あたしゃ、二人が一緒になればいいのにって思ってるよ」

「うーん。大旦那が許してくださるか、どうかだな。とにかく、どこまでもまっすぐ、四角四面なお方だからねえ」

　弥助、天井を向いて自分が得意そうになっている。

「そうそう」

「それに、若旦那はまだちっとばかり頼りねえな。うちの大黒柱はなんてったって大旦那だからな」

「そうかなあ。だけど、いまの御当主は若旦那じゃないか」

「そりゃ、当り前だ」

「それでも大旦那が大黒柱？」

「そりゃさ。人間の格ってもんだよ」

「そうかなあ」

とおよねは短い首をかしげて、

「若旦那もこのごろ、だいぶしっかりしてきたよ。器量だって大旦那よりはずっと」

「こら！」

「はい、はい」

六

軍兵衛が長次に会った、その次の夜。

俊介とお弓は小名木川の河岸に立っていた。

「蛍を見にいきませんか？」

と台所口からお弓に誘われたのである。

「ほう。もう出ているか？」

俊介はいそいそと屋敷を飛び出した。

礫打《つぶてう》ちの稽古があるのだが、

――なに、それはあとでもいい。

である。

なにごとによらず、俊介はお弓の言うことには逆らわない。いや、逆らえない。

「舟で行くか？」

「いいえ。岸からのほうが良く見えます」

「ほう！」

「もっと、むこうのほうです」

お弓は川沿いの道を、先に立ってどんどん東へ歩く。

藤堂和泉守の屋敷裏、新高橋のすこし手前でお弓が、

「ほら、あそこ」

と指さした。

真っ暗な水面。

瞑々漠々《めいめいばくばく》とした空間。

最初はなにも見えない。

だが、眼をこらしていると、次第に闇のなかに小さな黄色の点が見えてきた。

大きな石があるのか、川の水が銀色に逆波を立てているあたりが特に多い。

すーいと水面上を横切ったり、川辺の茂みのなかでじっと光ったりしている。

——夢幻《ゆめまぼろし》のような……。

とは、こういう光景を言うのか、と俊介は柄にもないことをおもう。

「あの」

とお弓が指さして、

「おなじところに、たくさんかたまっている。踊っているみたい。あれは、なにをしているのかしら?」

「あれはな。わたしも又聞きだがな。蛍合戦とかいってな、恋の相手の奪い合いだそうだ」

「あら!」

お弓が川辺にしゃがみこんだ。

俊介は、お弓の匂いをかぎながら、呆然と立っていた。

こういうときは、父の軍兵衛のことなど、チラとも頭にうかばない。

七

岡っ引の長次はやることにソツがない。

また、そうでなければ町方同心、火盗改め、徒目付などから「引っ張りだこ」にはならない。

長次は軍兵衛には銀次郎の動静を探るよう命じられ、息子の俊介にはその軍兵衛が動いたら教えろ、と言われているのである。

父子からはそれぞれ、相手には、

(漏らしてはならんぞ)

とクギを刺されているのだから、長次の捌《さば》きはまことに複雑、玄妙をきわめる。

いまの旦那は俊介だが、俊介旦那に顔を出したときはかならず、昔からの大旦那にも顔をみせる。

さて……。

『粋月』で軍兵衛に二度目の指示をあたえられてから、五日目の夕方。

すでに六月も下旬である。

長次は軍兵衛の屋敷に駆けつけた。

急ぎのときは、「筌《うけ》戦法」はつかわない。

これは『粋月』の女将、加世の思いつきである。魚とりの筌を小人目付の天野林蔵にはひとつ、長次にはふたつ出すのが軍兵衛がそれぞれに至急会いたい、という合図、と決めてあるのである。

同時に、長次はきょうは非番のはずの俊介にも、抜からず手先を走らせて軍兵衛が動くであろうことを知らせてある。

「今夜、銀次郎のやつ出かけそうですぜ」

「女のところだな。よし、わかった。わしの出番だ」

軍兵衛はすぐに身支度を始めた。

藍縞《あいじま》の単衣《ひとえ》に紺無地のたっつけ袴《ばかま》。皮足袋《かわたび》に草鞋《わらじ》がけ。

腰には愛用の業物《わざもの》、大小を帯びる。

銀次郎は今戸に情婦がおり、三日に一度はそこへ泊まる、という。捕り方に狙われているだろうことは本人も重々承知らしく、絶対に一人歩きはしない。

ただ、その女のところへ行くときだけは、お供は一人か二人だという。

軍兵衛は、きょうは泊りに行くぞと読めたときは、すかさず急報してくれ、と長次に言い含めておいたのである。

軍兵衛は新大橋の袂から一つ目の橋を渡り、本所・横網町から大川端沿いを急ぐ。

長い足を車輪のように回転させる。

時刻は六ツ（午後六時）を過ぎたばかりである。空は梅雨空で、重く垂れ下がっている。

あたりはまだ明るいが、さいわい雨気が満ちているせいか、人通りはほとんどない。

大川橋を渡って花川戸を北へ。

山谷堀を渡ると、河岸沿いが今戸町である。

今戸町は今戸橋を渡った北側、およそ七丁あまりの大川端に伸びる細長い町だ。

ここは道をへだてた西側は大小の寺に割り込まれて、町が分断されている。

今戸橋の南と山谷町には飛び地もある。

このあたりは都鳥の名所であり、また「今戸焼」の名産地でもある。川岸のあちこちで窯《かま》が煙をあげている。

瓦《かわら》と土器のほか、「富士見西行」、鬼や福助などの素朴な土人形も人気がある。

銀次郎の情婦は寺に囲まれた狭い一角の、しもた屋に住んでいるという。

軍兵衛は寺のなかで、一番はしの称楽寺の山門の陰に隠れた。

時刻はなかなか経たぬ。

まだ六ツ半（七時）ごろであろう。

銀次郎がここを通るのはもっと遅いはずだ。

――仕方がない。

軍兵衛は腹を決めている。いくらでも待ってやる。

長次もどこか近くに身を潜めているはずである。軍兵衛がそう指示しておいた。

やがて、紫色のたそがれが漆黒の夜に変わり、空にはおぼろ月がときどき、雲から顔を出す。

さっきまで咲いていた川辺の白い昼顔も、とっくにしぼんでしまった。

半刻（一時間）ほど蚊に食われていると、南のほうから高っ調子の話し声が聞こえてきた。

「それでねえ、先生」

「おう。なんだ」

「さっきの話でやんすがね。あっしがそのう、声をかければですね……」

背の高い御家人風に、里芋顔のひょこひょこした、中年の三下がしきりにゴマをすっている。

侍の方は、大柄の浴衣の前を帯にはさみ、両腕を肩までまくりあげて、大刀の一本差し。

いかり肩に長いもみあげ。白けたような顔色。

眼は三白眼だが、赤い口が小さく、ふっくらと女のようだ。

長次に聞いておいた通りの人相である。

軍兵衛は山門の陰からずいと出て、

「おい！」

と声をかけた。

これより少し前。

俊介は長次から知らせを受けるとすぐ常磐町二丁目の大橋医院まで走り、お弓に舟を出してもらった。

川、堀の多い深川で開業している大橋伯道《はくどう》医師には持ち舟があり、これを操るのはいつもお弓なのである。

「どうなさったの?」

「うん。すまん。急用なんだ」

「そう。ちょっと待っててね」

お弓はいったん、なかにはいって、じきに出てきた。

舟に乗る前に俊介は、手ごろな石を三つ、四つ拾って袂にいれた。石というのはどこにでもあるようで、いざというときには手近にないことがある。

「急用なんでしょ?」

「ああ。頼むよ」

「わかった。どこです?　行き先は」

お弓はくるくると襷《たすき》をかけ、裾を端折《はしょ》る。

「浅草の今戸だ。急ぐんだ」

「合点!」

お弓は察しがいい。

くどくは聞かない。それでも父親がらみということはわかっているようだ。

小舟は小名木川から大川に出ると、提灯《ちょうちん》もつけずに暗い川面《かわも》をあざやかな櫓《ろ》捌《さば》きでさかのぼる。

俊介にしぶきがかかる。

「危ないよ。もっとゆっくりでいいよ」

「なに言ってるんですよ」

お弓は口をちょっと曲げてみせる。

「ほんとだよ。ほら、舟がいっぱいじゃないか」

俊介は前の舟の群れを見たり、振り返ってお弓を見たり、落ち着かない。

「大丈夫。お任せあれ！」

新大橋、両国橋、大川橋とくぐって小半刻（三十分）ほどで対岸の今戸に着いた。

今戸橋の北東側に小さな船着場がある。

「舟で待ってて」

と俊介。

お弓は聞こえぬふりでさっさと舟をつなぎ、身軽に陸にあがってついてくる。

俊介、顔をしかめるがなにも言わない。

実は、自分でもわからぬが、お弓に居てもらったほうが、なにかと心強いのである。

しかし、そうは言わない。

――そういうことを口に出すと……。

女というものはつけあがるものらしい、と俊介、なんとなく大人ぶってそうおもっている。

俊介とお弓が暗闇のなかを、息をこらして川べりを北へ歩いていくと……。

二十間ほど先で男が三人、向き合っていた。なにか、ただならぬ気配である。

「こっち！」

俊介はお弓の手をひっぱって、そばの露地に隠れた。

川の水と土の匂いにまじって、汗ばんだお弓の、柚子《ゆず》のような香りが俊介の顔をつつむ。

俊介は気が散ってしかたがない。

なんのために、ここに来たのか。一瞬、忘れてしまった。

八

軍兵衛の顔を見ると、里芋顔の中年の三下は、

「ひえっ！」

奇妙な声をあげて、横っ飛びに飛んで逃げてしまった。さすがに銀次郎は逃げない。

「なんだ。貴様、何者だ？」

と口の隅から言葉を押し出す。三白の眼をじっと軍兵衛に据えている。

両手はだらりと下げたままだ。

「おぬし、女を斬るのが好きなようだな」

「なに！」

「それと、町人。老人がお好みらしいな」

「なにをぬかす、貴様」

銀次郎ぐいと前に出る。恐れる気振りもない。

「たまには男を斬ったらどうだ。それも二本差の男をさ。丸腰の女や町人より、

歯ごたえがあっていいぞ」

軍兵衛も一歩もさがらない。

「なにをぬかす。貴様、どこの者だ。不浄役人か？」

「違うねえ。綺麗この上ないって男さ」

「うるさい！　失せろ！　失せぬと斬るぞ」

銀次郎はいきなり抜刀した。

脅しのつもりらしい。

軍兵衛は抜かない。

もちろん、ひるんだ様子も見せない。

銀次郎は、一瞬ためらってから斬りつけてきた。凄まじい刃風を唸らせて、続けざまに斬り込んでくる。

軍兵衛、戸惑いながらも危うく躱《かわ》す。

——なるほど……。

とおもう。

大抵の剣術流派は、常に右足から踏み込んで斬撃する。ところが、この男はときに左足から前に踏み出して斬り込んでくる。

しかも、たえず左右に三寸、五寸と、軽々と位置を変える。目まぐるしい。

――これが神道無念流か。

この流派の者と立ち合うのは初めてである。

軍兵衛、まだ抜かない。

いや、実は抜く余裕がない。相手は下段から中段へすりあげて、寸分の隙も見せない。

――こいつは……凄い。

軍兵衛が、これまでに出会ったことのない難敵である。想像していたより、はるかに危険な相手であった。

ひたすらに躱し、さがる。

額に冷や汗がにじむ。

――こんな奴に……。

わしともあろうものが。

軍兵衛の口の中が、ひりついてきた。

押されて、じりじりとさがる。

踵《かかと》が川べりにかかった。

もう後がない。

刀を抜く余裕もない。

銀次郎が大きく大上段に振りかぶった。

かすかに、銀次郎の瘠《や》せた片頬がゆがんだ。軍兵衛の腕を見切り、追い詰め、いよいよ最後の会心の一撃を下そうとしているのが、ありありと見えた。

だが、軍兵衛には打つ手がない。

必死に守りの姿勢を固めるだけだ。

——相討ち、ぎりぎり相討ちだ。

軍兵衛は思わず、口をあけて喘いだ。

相手が斬り下ろす瞬間、抜打ちの掬《すく》い斬《ぎ》り。それしかない。

と、そのとき……。

なにかが、夜気を鋭く切り裂いた。

銀次郎の顔、すれすれを掠《かす》めて飛んだ。

銀次郎の目が一瞬、チラと軍兵衛から逸《そ》れた。

瞬間——。

「むっ！」

軍兵衛の無言の逆袈裟が、銀次郎の右腰から鳩尾《みぞおち》まで、深々と切り割った。

林崎夢想流の太刀「山越《やまごし》」である。

銀次郎の躰が硬直し、そのままどーんと仰向けに倒れた。

軍兵衛は、思わずうしろへ腰を落として、激しく喘いだ。

止めを刺す、余裕もなかった。

しばらくして、ようやく軍兵衛は立ち上がり、刀を懐紙で拭い、鞘に納めて、元きたほうへ歩き出した。やや、ふらついている。

眼で長次を探す。


露地に隠れて見ていた俊介も心底ほっとして、ながい息をはいた。

実は、今夜は親父殿も危ないぞ、と肝を冷やしていたのだ。そのときは、おれが飛び出すばかりだ、と。

そのときお弓が、

「なーんだ。そうだったの」

と、呑気な声をあげた。

俊介がなぜ毎晩、あんなに熱心に石投げの稽古をしていたのか。不思議で仕方がなかった。そのわけが、ようやくわかったのである。

――だけど、肝心の御父上は……。

気づいたかしら？　あれは俊介さんの助太刀《すけだち》だったってこと。

お弓は、こんどはそっちが気になった。

俊介の方は、

「……ようし。ちょいとはずしたけど、まあまあうまくいったさ。さあて……そろそろ帰ろうか」

とお弓に言いかけたそのとき、お弓が俊介の腕を強く叩いた。

「危ない！　ほら！　あそこ！」

十間ほど先の町家の陰で、半弓を引き絞っている男がいた。

明らかに、狙いは軍兵衛ではないか。

軍兵衛は、不用心にぽけりと突っ立っている。

俊介、夜目は昼同然だ。

すかさず、石を全力で投げた。

こんどは見事にきまった。

礫は男の右こめかみを直撃した。男はぶっ倒れ、矢は中天たかく飛んだ。軍兵衛、気づいて駆け寄り、死に物狂いに匕首《あいくち》を引き抜いて突きかかってきた半弓の男を、袈裟掛けの一刀で切り捨てた。

三十がらみの、中形の白地の浴衣をだらしなく着た、やくざ者の風体だった。おそらく銀次郎は弓の上手らしいこの男に、かげで護衛させていたのであろう。

——なんという執念深い男だ。銀次郎というやつ……。

軍兵衛、おおきく吐息をついた。

俊介とお弓も大息をついた。

どこかから、長次が軍兵衛の前に現れた。うしろに手下を数人連れている。

軍兵衛が長次になにごとか言い含めた。汗を拭い、大きく息をつきながら、である。

——こういう軍兵衛様は初めて見たな。

そうおもいながら、長次が二度、三度、合点した。

それから、長次に言われて手下たちが八方に散った。

長次によると、半弓の三下は通称「やば七」という一人天下《ひとりでんか》のごろつきで、年中、浅草界隈の矢場に入り浸っていた。

弓の達者で、金さえ出せば殺しでも引き受けるという噂があるところから、「危《やば》い」と矢場に名前の七助をひっかけて「やば七」となったらしい。

すでにやば七の矢先にかかって命を落した者は、武士、町人を問わず、ここ一年ほどで浅草から深川近辺にかけて、五指に余るのではないか、と長次は言う。


——さて……。

軍兵衛がやや戸惑った顔をしている。

誰ぞが、なにかしてくれたようだの。二度あった。あやつも、どうやらものの役に立つようになったかの。だが、まだまだだ。礼は言わぬぞ。

相変わらずの強がりを呟きながら軍兵衛、その場をあとにしようとした。

そのとき、長次が走ってきた。

「大旦那。これが、あの銀次郎の紙入れにはさんでありまして」

と差し出した。

五寸ほどの、美しい朱の蒔絵《まきえ》の櫛《くし》である。

背に小さく、中村家のものらしい「抱茗荷《だきみょうが》」の家紋が、金で散らしてあった。

かすかに女の髪油の匂いがする。

「うーむ」

軍兵衛が唸った。

――銀次郎は……。

ただの未練や嫌がらせで殺したのではなかったらしい。あの男はおいととという女に、本気で惚《ほ》れていたのであろう。

そういえば、あの若いやもめおいとだけは、殺し方が違っていた。顔に手拭もかけてあった。あれは、初めて知った堅気の女であったのかもしれぬな。

このたぐいの男の哀れさが、軍兵衛の胸を刺した。

舟にのってから、お弓は、

「お手柄でしたね」

と言った。

俊介は、

「なんのことだ。おれは何もしてないぞ」

と仏頂面をしてみせた。

——やっぱり親父殿は……。

凄い、と俊介はあらためて父親の度胸と粘り腰に、衝撃を受けていたのである。

自分の礫はひとつしか当たらなかった。

最初のは、相手が目を逸らすという不覚を親父殿がすかさず捉えたので、おのれの手柄ではない。もっともっと礫も剣も修業せねばならぬ、と臍《ほぞ》を噛《か》んでいた。

お弓は櫓を押しながら、

——似てないようで……。

なんだか似てるとこがあるんだから、やんなっちゃう。やっぱり親子ねえ、とそっと溜息をついた。

そのころ……。

海津家の台所では、もう夕飯の支度を終わった弥助とおよねが、帰りのおそい父子を待ちあぐねていた。

時刻はもう五ツ半（九時）をすぎた。

ときどき、遠雷《とおかみなり》が鳴る。

まだ雨は落ちてこない。

「遅いわねえ」

と、およねが弥助を見る。

「うん。なにか、御用があんなさるのさ」

弥助は流しで鎌を研《と》いでいる。

「二人ともよ。何か、危ないことでなけりゃいいけど……」

「そうだな。大丈夫だろうよ」

「どうして？」

「だって、考えてみねえ。大旦那はあの通りの剣術の達人だ。若旦那だって、道場じゃ偉い方らしいじゃねえか」

弥助が指でちょっと鎌の刃をさわってみる。

「そうねえ。だけどこのごろ、ときどきこういうことがあるね」

およねが弥助をチラリと見る。

弥助は素知らぬ顔で、

「そりゃ、おふたりともお元気って証拠だよ」

「ふうん。大旦那はまた『粋月』かしらねえ。それで、若旦那はお弓さんと一緒かねえ。……おお、いやらしい」

およねが白い太い腕で、なにかを消すような仕草をした。

「なに言ってんだ。存外、お二人で飲んでいなさるのかも知れねえぜ」

「それなら、いいけど」

「そうさ」

「だけど。お二人とも独り者だしさあ」

「また、それを言う。おれたちだって、そうじゃねえか」

そこでふたり、顔を見合わせてニヤニヤした。

九

翌朝。

大久保の抜弁天一帯では、一騒動があった。

中村小太夫屋敷の門内には、早桶がでんと据えてあった。

なかには同家の以前の婿養子、鈴木銀次郎の血みどろの死骸がはいっていた。

また同家前の抜弁天にも、もうひとつ早桶があった。

これには、肩から臍まで割り付けられた三下奴の死体が押し込まれていた。

やば七である。

ご丁寧なことに、抜弁天の早桶は底の真ん中が境内と道路とのちょうど境目にくるように、まるで物差で計ったごとくぴたりと置かれていた。


その夜おそく。

夜詰の俊介は江戸城本丸の徒目付当番所で、朝の抜弁天での一件の報告書を読み終わり、ふと物見窓の外を見た。

城内の高い杉の梢《こずえ》に、軍兵衛の奇っ怪な笑顔を見たような気がしたのである。

第二話　人攫《ひとさら》い

一

　海津軍兵衛は裏木戸からの出会い頭に、若い娘とぶつかりそうになった。

「おお、お前は？　誰だったかの」

「へえ。大橋先生から、お薬をお届けに」

「おお、そうか。それはご苦労」

　薬袋を受け取ると、娘はぴょこりと頭を下げて、そのまま帰りかけた。

「ちょっとお待ち。見ない顔だが、お前、このごろ先生のところへ奉公したのかな？」

「はーい。今月からです。おさと、って言います。どうか、よろしくお願いします」

「おおそうか、そうか。おさとか」

　徒目付の役目を隠居して、まだ半年あまりの軍兵衛はニッコリした。赤ん坊や子供たちは大好きである。

「年は、いくつだ？」

「はーい。十二です」

真っ黒に日焼けして、目が光っている。細っこい躰つきだが、背丈はもう大人なみだ。膝までの古浴衣に、草履《ぞうり》を履いている。

──穴熊のような小娘じゃの……。

軍兵衛はひそかにニヤリとした。

「歩いてきたのかえ？」

「いいえ。舟できました」

「ほう？　舟が漕《こ》げるのか？」

「はーい。潮来《いたこ》の生まれですから」

「おおそうか、そうか。潮来出島か。それなら舟はお手の物だ。しっかりお働きよ」

「はーい」

軍兵衛はニコニコして、薬袋を懐《ふところ》にねじ込み、日課の「韋駄天稽古《いだてんげいこ》」に飛び出した。

短かめに仕立てた単衣《ひとえ》の小袖にたっつけ袴、脇差を腰にしただけの、いつもの格好である。

七月初めの早朝。

いまの暦なら八月初旬になる。

小名木川の川面には、うっすらと朝靄《あさもや》が消え残っている。

空はまだ、眠っているような青だ。

大気には、夏のにおいが濃い。

もうすぐ七夕である。

──伯道先生。そろそろお弓坊のあとが心配になってきたか……。

お弓と仲のいい一人息子の俊介のことを思って、ニカリとしながら軍兵衛、早足で飛ばす。

きょうも暑くなりそうだ。

二

同じ時刻ごろ。

その大橋伯道医師は、じき近くにいた。

軍兵衛の御徒組組屋敷からは一足の、海辺大工町の川べりで、死体を視《み》ていた。

この朝、近くの高橋の橋脚にひっかかって、引き上げられたばかりの、若い女の死体だ。

御用聞きの長次に頼まれたのである。

長次は伯道の古い患者だし、伯道もこういうことが嫌いではない。だから、死因のはっきりしない死体のときは、いつも伯道に視立てを頼むのである。

伯道は先ほどから、死体の派手な着物を半分脱がせて、腹を押したり、乳や足の付け根を見たり、目や口の中をのぞいたりしている。

そろそろ集まってきた野次馬は、長次の手先たちが根気よく追い払って、近くへは寄せない。

「で、先生、どうです？　やっぱり、ただの川流れじゃねえでしょう？」

「うむ。川に落ちたのでも、飛び込んだのでもないな」

ジロリと長次の顔を見る。

伯道は坊主頭の大入道で一見恐ろしそうだが、長次は平気である。この人、実はきわめて優しい、いわゆる「虫一匹殺せない」人柄なのである。

それを長次は先刻承知だ。

「するってえと……？」

「そうだ〳〵。殺しだ。水で死んだのではない。水を飲んだ形跡がまったくない。殺してから投げ込んだのだな。きれいな若い娘さんを、むごいことをするものだ」

「からだにゃあ、刀傷や突き傷はありませんね」

長次が大男の伯道を振り仰ぐ。

「絞めたのだ」

と伯道が死体の首を指さした。

「紐のようなもので、絞められた跡が、かすかにある」

「なるほど。あっしも、そうじゃねえかと……。それでと、殺されたのはいつ頃でしょうね？」

と長次が首をかしげた。

「まず二、三日。死体の状態から見て、それ以上ではないな」

伯道が無造作に言った。

「ということは、そう遠くで投げ込まれたのではないってことですね？」

長次が念を入れた。

「まあ、そうだな。この仏さんはまだ新しいよ」

「へえ」

「それともう一つ。この仏は生娘ではないな」

「ははあ」

長次が顎《あご》をなでて、チラリと死体を見た。

「おっと、大事なことを忘れてた」

「なんです？」

長次がぐいと腰をのばした。

「この娘は武家の奥勤め、つまり奥女中だ」

「へえ？」

「髷《まげ》がくずれてはいるが、うしろへたぼが大きく張り出している。つまり椎茸《しいたけ》たぼ。御殿女中の正札つきだ」

「なるほど。するってえと、これは」

長次がうなずいた。

このとき、野次馬のなかに、編笠をかぶった羽織袴の瘠せて小柄な武士がいるのに、長次は気づいた。

長次の視線に合うと、武士はついと顔を背けて人込みから離れた。

ちらりと見ただけだが、色が黒く、上目づかいをする、いかにも実直で小心そうな男である。

それでも、なにか長次にはピンとくるものがあった。

その侍のあとをつけさせようと合図の手をあげるのだが、手先どもは皆、野次馬を遠ざけるのに懸命で、一人も長次の方は見てくれない。

――役に立たねえ野郎どもだ。

長次は舌打ちして、怪しい武士の尾行はあきらめた。

伯道の方へ向き直って、

「やっぱり、これは町方の領分じゃありませんね」

と言った。

その日のうちに、この一件は、「武家持場」であるとして、目付方の係りとなった。

徒目付が検視して、調べを始めた。

身元は翌日、判明した。

小名木川沿いの、西国筋の大名田中家の下屋敷につとめるおしのという十七の娘で、三日前に麹町の宿から行方知れず、の届が出ていた。奥女中が宿下がりのときに使う「宿」である。


次の日の午後。

江戸の町にはもう、

「竹やあ、たけ」

と七夕の笹竹売りが歩いている。

ほっかぶりに、尻端折り。長い青々とした笹竹の大束を、肩に担いでゆさゆさと腰で調子を取りながら歩く。

海津俊介が例によって、医院の前にお弓を呼び出して、立ち話をしている時、何気なくこの奥女中変死の一件に触れると、お弓の顔色が変わった。

「ちょっと、あの。おしのさん、っていいましたよね。その人、わたしの知ってる人かも知れない」

「ええ。なんだって？」

こんどは俊介が仰天した。

俊介も前日、この一件の検視に駆り出されていた。だが、他殺らしいとなってはいても、身元こそわかったものの下手人への手がかりは、いっさいなかったのである。

「どういう知り合いなんだ？」

「お花の先生のとこでね。同い年だっていうし……。きっとそうよ。かわいそうに。いったい、どうしたんでしょう？」

「それをいま調べているんだよ。それで？」

お弓は、この年初めからお花の稽古に通っている、という。

その日本橋橘町の芳野《よしの》という師匠の家の上がり框《かまち》に、もう長次が、愛想笑いをして腰をかけていた。次の日の昼下がりである。

無論、俊介の指示だ。

「それで、そのお屋敷からきていたお弟子さんは、おしのさんひとりでしたかい？」

「いいえ。もうおひとりいました」

「ほう！　なんという方で？」

長次の眼がピカリと光った。

「おみのさんといいましてね。たしか、おしのさんよりお屋敷では古株で、お年もふたつみっつ上のようでしたよ」

師匠の芳野はなんでも武家の出とかで、年の頃は三十四、五。

ひとことひとこと考えながら返事をする。

あまり屋敷方の話はしたくはない、といった様子が、固い顔つきにありありと出ている。

「おみのさんね。その方は、こちらへ習いにきたのもおしのさんより前からでしたか？」

「ええっと。そうですね。おみのさんの方が、一年ほど早かったと思います」

芳野は、ちょいと目を空におよがせてから答える。

「どんな方です？」

「まあねえ。ごく普通の娘さんですよ。おしゃべりの好きなねえ」

長次が横を向いて、うなずいた。

「おみのさんはここへ来る日は決まってますかい？」

「ええ。あの方は毎月、三の日の昼過ぎにはきっと見えます」

芳野が首を振って言った。

「なるほど。いや、お手間をとらせました」

長次が腰を上げると、芳野は露骨にほっとした顔をした。

――次の三の日は……。

十三日だな。長次はそう考えながら、格子戸を閉めた。

三

「いやなお屋敷ですよ」

と商人たちは、みなそう言った。

長次が、芳野師匠に会ったあと四、五日かけて、おしのの勤めていた下屋敷の周辺を聞き込みをして歩いたのである。

近所の噂話によると……。

下屋敷にはお殿様が来ることはまれで、その妹夫婦が隠居して住んでいる。

妹には分家を相続させたのだが、婿養子の御亭主が目が不自由になったので、隠居させて、下屋敷に住まわせているのだという。

その妹というのが、家付きの奥方だからか、異常に嫉妬深い。

御亭主の気をそそるから、ということなのか、最近では屋敷の女中衆には紅、白粉《おしろい》、髪油など、「匂いのあるもの」は一切使用を禁じ、小間物の商人の出入りも厳禁している。

これに老女と用人が追従して、屋敷内は火の消えたように索漠としている、という。

長次はそれから屋敷のまわりを歩いてみた。

町には天秤棒を担いだ灯籠《とうろう》売りやお盆の迎え火の苧殻《おがら》売り、酸漿《ほおずき》売りなどがにぎやかに歩いている。

「へっ、こちとら、七夕も盆もあったもんじゃねえ」

長次、腹の中でぼやきながら歩く。

だが、この屋敷は少々おかしい。

ほとんど、人の出入りがない。たまに食べ物や薪、炭などの商人が裏口に来るだけである。

だが、そのうち、小柄で瘠せた色の黒い武士が通用口からついと屋敷へはいったのを見た。

長次は、入れ違いに出てきた商人の一人を呼び止め、

「いまはいったのは、たしかご用人さんだったね」

「へえ。さいで。須郷玄蕃《すごうげんば》さまで」

長次は思い出した。

そうだ。あいつだ。

やはり小名木川の現場にいた侍だ。どうも、どっかで見たような気がしていた。

「おおそうそう。そうだった。それで、ご老女さまはなんといったっけね」

「高江様ですが、それがなにか？」

「いや、ちょいとな。たしかめただけよ」

と、二人の日ごろの行動などを詳しく聞き出した。

懐から十手の端をチラリとのぞかせて、である。

長次は、

――これでどうやら……。

女中殺しの目星がつきそうだぞ、という感じになって、結果を俊介に報告した。

俊介はこの始末を組頭に上げ、徒目付がさらに調べを進めた。

死んだおしのは、器量も気だてもよく、御隠居内膳《ないぜん》のお気に入りだった。

これに奥方志野《しの》が、おおいに「嫉妬し、憎んで」、ついにおしのを扱《しご》きで絞め殺した。このとき、用人須郷と老女高江が協力した。そして、須郷の考えで死体を屋敷の水門から小名木川に流し出したのではないか、というのが徒目付の見方である。

だが、これはあくまでも徒目付の書いた筋書であって、しっかりした証拠も自白もまだないのである。

ただわずかに、これには朋輩の奥女中たちの証言のごときものはあった。

長次が十三日に、お花の稽古に来たところを待ち構えて聞きただしたおみのが、おもいがけず役に立った。

芳野師匠の家の前での立ち話だったが、最初は不安そうだったおみのも、長次の眉の下がった顔に安心したのか、よくしゃべった。

内膳というご隠居は、ひよわそうな小柄な年寄りで、たいがいのことは奥方の言いなりだ。

しかし、とても勘のいい方で、家のなかは杖もなしですいすいと歩くという。

ただ年も六十一だし、おしのを可愛がっていたといっても、べつになにするわけではない。

ただ、二の腕あたりの肌をさすったり、鼻をつけて匂いをかいだりするだけで喜んでいた、という。

しかし、志野という奥方はまだ四十八だ。

昔は有名な美人だったそうで、いまも三十代にしか見えない。だが、この元美人にはいやな癖があった。気に入らぬ人があると、その人を執念深くさいなむのだという。

そういうときは、顔を青くひきつらせ、鬼女のような形相になる。とくに普段から、おしのを虐《いじ》めるのが好きだったという。

「ほかにもねえ」

と言いかけて、おみのは、

「あら、わたし」

と慌てて口を押さえた。

「なんだい。言っておしまいよ。あんたに迷惑はかけねえ」

長次が眉をおっぴろげ、精いっぱい滑稽な顔をつくって言った。

「ほんと？　ほんとに」

それから、おみのはぺらぺらしゃべりだした。

本当は、言いたくてしかたがなかったらしい。

前にも、おしのと同じような事件があったのだ、という。それも二人も、だ。

それなのに、これは女同士の心中、ということで落着してしまった。

このとき、手を下したのは須郷ではないか、と女中たちは噂しあって震え上がった。半年ほど前のことだ。

須郷という男は、一見おとなしそうだが、実は陰険で残酷だ。興奮すると、歯を剝き出して病犬《やまいぬ》のように涎《よだれ》を垂らす、という。

死んだ二人はべつにとくに仲良しではなかった。だから心中などするはずはない。

ただ、二人ともおとなしく、器量よしだったから御隠居のお気に入りだったし、須郷とも関係があったのではないか。その挙句、うるさくなった二人を、須郷が奥方の嫉妬心をうまく利用して、両人で始末したのではないか、というのが専ら屋敷内の取沙汰だった、という。

長次はすぐに、おみのの話の裏をとった。

たしかに新大橋の橋脚近くで一月の末、若い女の「心中死体」を荷船の船頭

が発見した、と奉行所の記録にあった。だが、

——ああ、口が軽くっちゃ、おみのという子は……。

ほかの人に対しても、たとえば須郷という用人に問いただされても、しゃべってしまうのじゃないかな、と長次はそれが心配だった。

徒目付はこうした調べのすべてを目付に報告した。

ところが、ひと月後、この奥女中殺しに評定所の下した処分は、奥方志野は押し込め、という形ばかりのものだった。

俊介もこれには納得できず、口をとがらして一件の始末を軍兵衛に詳しく話した。

翌日、『粋月』の出格子に筌《うけ》がひとつ出された。そして、次の日には筌がふたつ出た。

筌ひとつは、昔から軍兵衛の腹心といっていい小人目付の天野林蔵への合図、ふたつは長次への合図である。

軍兵衛が天野林蔵と長次と、それぞれ詳しく打ち合わせをおこない、その屋敷の醜悪事の裏付け調査を依頼した。

軍兵衛は須郷ら屋敷方の悪行については、

「無垢な田舎出の娘たちを、なんという無残な」

と腹わたが煮えくりかえっていたが、最後の断を下す前には、もうひとつ決め手がほしかった。

俊介には、いずれの打ち合わせの場にも顔を出させていない。

軍兵衛の心配りである。

ところが……。

事件はその後、誰にとってもまったく意想外の展開をみせた。

四

三日後の暮れ六ツ（午後六時）ごろ。

深川・常盤町二丁目の大橋伯道医師宅に、一通の結び文が投げ込まれた。

伯道が首をひねりながら、開けてみると、

「手を引け。引かぬと、娘の命はないぞ」

とただ一行。達筆である。

——うーむ。なんのことだ。

伯道、首をひねったが、見当もつかない。あわてて娘のお弓を探すと、

「なあに、お父さま?」

と台所から暢気な顔を出した。伯道はなにもわからぬまま、

――これはただごとではない。

と不吉な予感がして、お弓に長次方に急報させた。

伯道の予感が当たった。

女中のおさとがいなくなった。

伯道の使いで夕方早く、舟で北森下町の患家に薬を届けに行ったきり、その夜五ツ(八時)になっても帰ってこなかったのである。

伯道はこのことも長次に知らせた。

長次は結び文と、おさと不明のふたつは関連があるとみて、ひそかに手先を走らせて、海津軍兵衛に急報した。

軍兵衛は、

「なに!」

と立ち上がった。

軍兵衛の指示で長次が息のかかった手先、下っ引数十人を総動員して深川一

帯の川筋を探させた。

人間を隠すのはたやすいが、舟という大きなものを隠すのは容易でない。

深川、本所一帯は「水の町」といわれるほど、縦横に川や堀がある。

だが、人手が多いということは強い。

翌日の午後になって、はやくも新高橋の二丁ほど東の小名木川の川岸に、おさとの乗っていた舟が乗り捨てられているのが見つかった。

付近は田畑と農家ばかりで、大きな建物といったら、問題の下屋敷しかない。

長次は軍兵衛に相談した。

なにしろ、相手が大名である。町方は手が出せない。

軍兵衛の経験と知恵、それにあの無類の押しの強さが是非入り用だった。

話を聞いた軍兵衛の目玉と眉毛が、普段の倍ほどにはねあがった。

そして、その夜更け……。

問題の下屋敷の通用門のわきに、三つの黒い影が現われた。

空には重く雲が垂れさがっていて、月はない。

どこか遠くで、盆踊りの太鼓が鳴っている。

蒸し暑い夜である。

軍兵衛と長次、それに長次の手下の喜助《きすけ》。

この喜助という男は鳶上《とびあ》がりで、長次の手下のうちで、もっとも身が軽いという。頬がこけ、顔は妙にツルリと青白い。

——バッタのようだの……。

と軍兵衛、腹のなかでおもう。

「抜かるなよ」

と長次。

「合点」

喜助は土塀の瓦《かわら》に手をかけると、ひょいと塀の上に立っていた。すぐに中庭に飛び降りたようだが、まったく音をたてない。

内側から鍵をあけて通用門をギイッと開く。

軍兵衛と長次は、するすると邸内にはいる。軍兵衛は例によって、納戸茶の覆面をしている。

——おさとを攫《さら》ったのは……。

舟のあった場所からみて、この下屋敷の人間に違いない、と軍兵衛は考える。

やり口があまりにも杜撰《ずさん》で、世間をなめきっている。大名家の奢り高ぶった気風まるだしのやり方である。

おさとが監禁されているとすれば、多分この下屋敷のなか。それも邸内ではなく、庭の物置か道具置場のような場所ではないか、というのが軍兵衛の読みだった。

——それにしても……。

なぜ、おさとなどを攫うのだ？　なにが狙いだ？　それが軍兵衛にはわからなかった。

喜助が音もなく庭を駆けまわる。闇の中でも、目が見えるらしい。

——この男、前身は盗人《ぬすっと》ではなかったか……。

と軍兵衛が首をかしげたほど、勝手知った動きである。

やがて、裏庭の隅の物置を覗いていた喜助が、うしろへ大きく手を振った。

戸に鍵はない。中には梯子《はしご》、脚立《きゃたつ》、鍬《くわ》、筵《むしろ》など植木の道具がごたごたと置かれており、隅の筵の上におさとがいた。

後ろ手にした手と足を一緒に縛り上げ、柱に結びつけられている。口には猿《さる》轡《ぐつわ》。

薬を飲まされているらしく、正体もなく眠っているが、長次が手首をにぎってみて、軍兵衛にうなずいた。

脈はしっかりしているようだ。

縄を切りほどき、喜助が背負う。

三人が歩き出したとき、庭の奥でチラチラと灯が動いた。

「何者だ！」

「曲者！　斬れ！　斬れ！」

叫びながら、二人の家士らしいのが抜刀して走ってきた。

「早く行け」

二人を先へやっておいて、軍兵衛が立ちはだかる。

そして、一瞬……。

二人の侍はばたばたとその場に倒れた。

軍兵衛の刀はすでに鞘に納まっている。

峰打ちであろうが、刀身はいつ抜いて納めたのか、誰の目にもとまらなかった。

五

軍兵衛には、田中屋敷の悪党どもの考えが読めてきた。おさとがなぜ攫われたかもわかってきた。だが、これは軽々には、他人《ひと》には言えぬ、とおもっていた。

相手は、伯道と軍兵衛父子や長次とのつながりを知って、われわれに脅しをかけてきたのだ。

「これ以上奥女中の一件をほじくると、人質の命はないぞ」

と。

あの下屋敷の者どもは、よほどほかにも世間に知られたくない秘事を隠しているのに違いない。

われわれの動きから、こんどの一件が奥方の押し込め処分だけでは済まず、

「評定所での再取り調べ」

などという事態になったら致命的だ、とおののいていたのであろう。そして、こちらの張本人が軍兵衛と知って、遠まわしに脅しをかけてきたのだ。

——ようし。あいつらが、そういう卑怯な手を用いるなら……。

と軍兵衛、それでなくとも恐ろしげな眼の玉をぎらりと光らせ、左手で腰の大刀をぐいと据え直した。

長次宅にとりあえず担ぎこまれたおさとは、その夜おそくになってようやく気がついた。

おさとは、

「舟からあがったとき、いきなり頭のうしろをぶたれました。あとのことは、なんにも覚えてない。駕籠に乗せられたみたいで……なんか、板の上を通ったような……相手の顔は誰も見てません」

という。

——それより私、お届けするお薬を……。

なくしてしまったみたい、とおさとは自分の懐、袂など身の周りを青い顔をして、しきりに探していた。

田中家下屋敷の裏口には掘割があり、短い橋が架かっている。板というのは、その橋のことだろう。

土の上と橋の上では、駕籠かきの足音がちがう。

にした。

軍兵衛はおおきくうなずいた。

ただちに長次に命じて、田中屋敷への人々の出入りを厳重に見張らせることにした。

おさとがやっと気がついたころ。

江戸城本丸の徒目付当番所では、夜詰の俊介が厚い手紙の束を、一通ずつ読んでいた。

これは、殺されたおしのが生前、青梅の親元へ出したもので、徒目付が差し出させた。

奥女中には、ときどき「宿下がり」の休暇があたえられたが、生家が遠方の場合、江戸市中に「宿」を持っているのが通例だった。おしのの場合も、麴町の「山本屋」というのがそれであった。

おしのの手紙はこの宿から差し出したものが多く、なかでは衣装の代金など金銭をねだっているものが目についた。

女ながら、達筆の平仮名まじり候文である。

「……定紋つきにて三両二分二朱に御座候ところ　一両二分二朱は私より遣わし候　あとのところ　まことに申しかね候えども　是非なくお願い申し上げまいらせ候……」

といった父へのおねだりが目につく。

若い娘のことだ。お洒落に着物を欲しがるのはわかるが、身分から見て少々贅沢すぎる品を買っている例が多い、と俊介はおもった。

たとえば、

「黒ビロード帯、越後上布の対、本八丈の着尺」

といった具合である。

——これは、上役の老女、用人などの……。

ご機嫌取りのためか、なかには暗に強要されたものもあるのではないか、と俊介は考えた。

大名家の奥御殿というものの、華麗さのなかに潜む腐臭を嗅いだ気がしたのである。

これはいずれ、取り調べで明らかになるであろう。

そして俊介は、こんどの一件、親父殿はどう処理するのだろうか。大名家相手は面倒だ。その際、自分にはなにができるだろうかと、とつおいつ思案しはじめた。

六

軍兵衛は酔っている。

馴染みの三間町の小料理屋『粋月』である。

昔からの、そして今でも軍兵衛の数少ない腹心、小人目付の天野林蔵がまだ来ないのだ。

きょうは昼前に天野への合図の「筌《うけ》ひとつ」をこの店の出格子に結びつけておいた。

「きっと、お仕事がおありなんですよ」

と女将の加世が、そっと酌をしてくれる。

「いや。わしは別に焦《じ》れてはおらんぞ」

軍兵衛の顔が真っ赤になっている。まさに茹蟹《ゆでがに》である。

店先の庇《ひさし》につるした風鈴が、涼しい音をたてている。

まだ五ツ（八時）すぎ。

店には隅で商家の番頭らしいのが二人、盆の掛け取りも無事すんだのであろう。静かに飲んでいるだけである。

しばらくして、ずんぐりした躰つきの侍が、音もなくはいってきて軍兵衛の前に腰を下ろした。

待ち人、天野林蔵である。この暑いのに、汗もかいてない。

「遅れました。ちょいと、仕事が取り込みまして」

「うん、まず一杯」

軍兵衛がちろりを取る。

「はあ、お待ちになりましたか？」

ぐいと一息にあけて、盃をいじっている。また酌をしてやりながら、

「いや。わしも、いま来たばかりだ」

と言う。軍兵衛でも、このくらいの愛想は言える。

「なにか、お困りのことでも？」

と林蔵。負けずに、先輩への決まり文句のような挨拶で返す。

「いや。なにも困ってはおらん」

と軍兵衛。ひとに弱味を見せるのは嫌いである。

じつは軍兵衛、こんどの奥女中殺しの件で、おおいに困っている。嫌疑の三人をどう成敗しようか、と迷っているのである。

大名家などは屁ともおもわぬが、女は斬りたくない。だが、それをせねば殺された三人の娘たちもその家族も、浮かばれぬだろう。

「でも、あるんでしょう？　言ってくださいよ。なんとでもしますから」

林蔵、例によって、もう手酌でぐいぐいあける。

「いや。こればかりは、いかにおぬしでもなんともならん」

「ほう！　そんな難件ですか」

「そうだ」

軍兵衛が口を曲げて横を向く。

「なんです。いったい？」

「ふん。おぬし、女を斬ったことがあるか」

「おや！　そりゃ、ありませんけどね。有難いことに。ですが、必要なら斬りますよ。女だろうが、年寄りだろうが」

林蔵が少し濡れてきた目で、軍兵衛を見上げる。

「ほう。勇ましいな」

「からかっちゃいけません。いったい、なんの話です？」

さすがに林蔵、すこし真顔になる。

「ふふ。悪い男だ。見当はついとるくせに」

軍兵衛が苦笑いする。

まるで、泣いているように見える。

だが、林蔵は軍兵衛のそのような顔からは、なるべく目を逸らすことにしている。

「おや。そうでしたかね」

林蔵がそっぽを向いて、つるりと顔をなでた。

「とにかく。女が二人、それに男が一人だ」

軍兵衛が唸るように言った。

「ほう。派手なもんですな」

――こいつ、わかっておるくせに。

軍兵衛はまた癇癪を起しそうになるのを、ぐいと抑えた。この男は、こういう奴なんだ。昔からだ。

「とにかく、その女ふたり、男ひとりの身上、行動を洗いざらい調べてくれ」

「はあ。何の件でしたっけ？」

林蔵、盃を置いて首をかしげる。

「こいつ！　奥女中殺しの一件だ。わかっておろうが」

「はい、はい。承知いたしました。もう一本、いただいてもよろしゅうございますか？」

「ああ。いくらでも飲め」

加世が、まるでそのやりとりが聞こえたように、すいすいとおかわりの酒を運んできた。

軍兵衛はあの屋敷の三人をどうしてくれようか、とまだ考えている。

大名などはなんとも思わぬが、女ふたりが厄介だ。だが、放っておくわけにはいかぬ。

あの連中、ほかにも後ろ暗いことをしているに違いないし、また若い女の犠牲者が出てはたまらぬ。

俊介は、まあこの件には触らせぬほうがよかろう。この一件、もろにお役目がらみだからな。あまり頼りにならん役所だがの……。

軍兵衛はひとりでフンと言った。

七

三日後。

『粋月』の表に筌《うけ》がひとつ出ていた。

筌ひとつは天野林蔵からの合図でもある。

いつもは軍兵衛、調べものは長次に任せるのだが、武家屋敷がらみとなると、そうはいかない。

町方の長次では手が出せない。

こういうときこそが、軍兵衛が現職当時からの腹心、天野の独壇場なのである。

この男、いままでも軍兵衛の用事はいつなんどきでも、嬉々として引き受けてくれる。

――三日とは早かったな。

思いながら軍兵衛、暖簾《のれん》をはねると、もう天野林蔵は飯台におおいかぶさって、ぐいぐい飲《や》っていた。

「待たせたな」

軍兵衛、二、三品、肴を注文してやる。鯉の洗いに冷奴、それに新生姜といったところ。

天野、だまって頭を下げる。

「で、なにかわかったか？」

「いやもう。あきれ申した」

天野、酒臭い息をふーっと吐き出した。

「なにが？」

「大名屋敷などというものは、あれは化け物屋敷ですな」

「ふうん」

軍兵衛、つまらんことを、という風で乱暴に豆腐をつつく。

「なにが出てくるか、わからない、という」

「ほう、そうか。たとえば？」

軍兵衛、こいつめまた焦《じ》らす、という顔をする。

「女と金ですよ。月並みなね」

「ふーん」

「女は三つ巴《どもえ》。三つ巴ですぞ。あるいは四つ巴、五つ巴かもしれない。あの須郷玄蕃という奴、見かけはしょぼいが、たいした玉です。まさに獅子身中の虫ですな」

「三つ巴とはなんだ？」

軍兵衛は、汚らしいものを見るような眼をする。

「つまりですな。できてるんですよ、玄蕃は」

「ふむ。だれとじゃ？」

「老女の高江、それと呆れたことに志野という奥方とも、です」

「ほう？」

軍兵衛が眼を剝いて、

「しかし、年だろう、もう。あの奥方」

「四十八ですが、ずっと若く見えます。それにやはり玄蕃は心中したことになってる女中たちとも……。最初のおしのともそうだったかもしれません」

「ふうん」

鼻をつまみたそうな軍兵衛に、天野はややムキになる。

「それに金。お殿様からかなりの御手当が出ているのに、御隠居は目が不自由だし、奥方は育ちが育ちだから、銭勘定などできない」

「ほう」

「つまり。あの貧相な用人の思うがまま、ということです。金も女も。あのやせっこけたへいへいちょこの」

「ふふん」

軍兵衛は痩せた色黒男のカラスのような顔を思い出して、苦い顔をした。

「それで、本人は女は屋敷の女たちで間に合わせて、女房も妾も持たず、くすねた金は近くの寺にせっせと預けてる、って寸法ですよ」

「ほほう。見上げた男じゃやな。それで、なにか証拠をつかんだか?」

「それがですよ。あの玄蕃という男は、ばかに几帳面《きちょうめん》な野郎でしてね。高江と会うのは月のうちの一のつく日、奥方とは六の日と決めてるんですよ。だから、現場をつかむのは簡単で」

「ふーん。どこで会ってるんだ?」

軍兵衛が、乱暴に手酌で飲んだ。

「それが、いつも上野・池之端の出合茶屋で。さすがに相手によって店だけは変えてますがね。同じ相手とは同じ店に行くようです」

「ふふん。本人は用心してるつもりなんだろうな」

軍兵衛はうんざりした顔をするが、天野はますます熱がはいってくる。

「それに、金にも用心深い。出入り商人への支払いは玄蕃が一手にあつかう。奥方にも老女や女中にも、だれにも鐚《びた》一文触らせないそうです」

「ふん。その池之端の、それぞれの店はわかっておるか」

軍兵衛が盃を置いて天野の顔を見た。

「はい。それは抜かりなく。奥方の方は池之端仲町の西のはずれの『桔梗屋《ききょうや》』、老女の高江は元黒門町寄りの『藤屋《ふじや》』と決まってます」

ちゃんと暗記している。

「ふん。出てくるのは何時ごろかな」

「まったく、なにごとにも几帳面な奴で、いつでも五ツ半（九時）には、きちっと出てきます」

「なるほど。よく調べてくれたな」

軍兵衛、珍しく優しい目をして天野を見たが、天野には睨まれている、としか見えない。

「まあ。このくらいはお手の物で」

「ふふ。そうであったな」

軍兵衛、機嫌がよくなっている。

いよいよ、これで野放しだった人殺し、盗人どもを誅《ちゅう》するための最後の踏ん切りがついたのである。

軍兵衛がちいさな金包みを渡すと、天野は悪びれず袂へ落とし込み、ぺこりとお辞儀をして消えた。

ちろりが三本、空になっている。

八

上野・元黒門町には、不忍池《しのばずのいけ》にちょっと出っ張ったような、ほぼ四角形の空地がある。

八月二十一日の夜五ツ（八時）過ぎである。

不忍池は東叡山の西の山麓にある。

この当時は見渡し三、四丁、周囲二十丁ほどもあったという。古来、蓮の花の名所である。
西の池之端仲町は池の南の畔にある。町を南北に分ける道路が
もともと東叡山の門前町としてひらけた町である。
あり、俗に「吹貫き」とよばれている。
仲町には出合茶屋が軒をならべ、灯もにぎやかだし、弦歌のさざめきもある
が、元黒門までくると人通りも少なくなるし、静かである。
軍兵衛は、その空地の水辺にうずくまっていた。
黒っぽい着物に覆面をしているから、通りすがりの者には人とは見えない。
岩か、なにかの塊としか見えないだろう。
俊介は今夜は夜詰のはずだ。
小半刻（三十分）あまり待つと、ようやく提灯の小さな灯が揺れてきた。
軍兵衛、夜目で目的の男女と確認して、のそりと立ち上がった。
「おい！」
と声をかける。
ふたり、ぎょっとして立ち止まる。
「須郷玄蕃殿と高江殿だな」

二人、だまって闇に目をこらしている。

玄蕃が左側にいた女を右にしようとした。

とたん、軍兵衛の兼重が鞘走《さやばし》った。

「きゃっ！」

と老女高江が倒れた。髷《まげ》を斬り飛ばしただけなのに、斬られたとおもったらしい。

「き、貴様！　誰だ！」

玄蕃も抜刀するなり、斬りつけてきた。

型通り、小手から面、さらに胴、逆胴と、意外に軽捷《けいしょう》な剣さばきをみせる。

若い時は、かなり遣える方だったのであろう。

だが、やはり年と爛惰《らんだ》なくらしが出る。

軍兵衛があしらっているうちに、玄蕃は息が上がり、足がひょろついてきた。

「若い女中たちのようにはいかぬか。それ！」

真っ向に打ち込んでくるのを、軽く弾き飛ばし、左袈裟に大きく斬り下げた。

玄蕃はくるりと一回転し、歯を剝き出して、ころりと倒れた。口の端からよだれが垂れている。

女は、と見ると、もがきながら立ち上がり、逃げようとする。

その残った後ろ髪をつかみ、引き戻す。頭のまわりの髪を、大刀の鍔元でばさばさと乱暴に切り捨てる。

まだら坊主になったところで突き放した。高江は頭をかかえてよろよろと逃げて行く。

あたりには依然、人通りはない。

蒸し暑い夜で、血のにおいを嗅ぎつけたのであろう。刀を拭っていた軍兵衛の耳に、蚊の唸りが聞こえてきた。

九

次の夜。

組屋敷の裏の小名木川の河畔では、俊介とお弓が、やはり蚊の唸りを聞いていた。

俊介はどこからか集めてきた松や杉の葉を、せっせと燃やしている。

「そんなの、蚊遣《かや》りになるの？」

「ああ、なるさ。なんだっていいんだ、葉っぱは。蚊は煙いのが嫌いなのさ」

「ほんと？　ちっとも効かないみたい」

お弓は団扇《うちわ》ではたはた、俊介と自分の足のあたりを叩いている。

「どうもさ。おれも困ったよ」

「どうしたの？」

お弓が俊介の顔をじっと見る。

「いや。なんでもない」

「なんでもないってことないでしょう？　お言いなさいよ」

お弓、高飛車になる。

――この子、だんだん威張るようになったな。

と俊介、内心辟易《へきえき》している。が、そんな顔はしない。

「うん、実はな」

俊介、言い渋る。

「なあに？」

「この頃、ちっとも親父殿の手助けができなくてさ」

「ああ。こないだの浅草みたいなこと？」

お弓がかるく言う。

「そう」

「でも、いつもでなくっても、いいんじゃない？　その気持ちさえあれば」

「そうなんだけどさ。どうも、落ち着かなくって」

俊介が落ち着かないのは実は夜、こんなところでお弓とピッタリそばにいるせいだし、その柚子《ゆず》のような香りにつつまれているからなのである。

「だけどね」

お弓がやさしく言う。

「うん？」

「いつもいつも、力《ちから》っていうか、武術とかそんなものでなくても、いいんじゃない？」

「どういうこと？」

「頭を使えば？　人は頭よ、あ、た、ま。父がいつもそう言ってるわ」

お弓がうなずきながら言い切る。

「うーん。頭か。そうかあ」

なにか思いついたらしい。

俊介、にわかに、ひょこりと立ち上がった。

「どうしたの？」

「いや。ちょっと、考えたことがあってさ。また、今度。ね」

俊介、ずかずかと急ぎ足で行ってしまった。

「なーんか、変なの」

お弓が立ち上がって、俊介の勢い込んだような後ろ姿を見送った。

十

その翌夜。

組屋敷から三丁ほど西の常盤町二丁目、大橋医院では軍兵衛と伯道が診療室の隣で、酒を酌み交わしていた。

今夜は軍兵衛、ふと思い立って酒をかかえて伯道を訪ねたのである。

伯道はこんどの一件の内容についてはほとんど関知していないし、むろん先夜の上野・池之端での軍兵衛のはたらきなど、毛頭ご存じない。

「こりゃ逆ですな、海津様。私の方からお礼に伺うところなのに。うちのおさとがとんだお世話になって」

　と伯道は頭をかく。

「いやいや。それは違いますが、おさと坊はその後、どうですかな？」

「いや。もうすっかり元気で、よく働いてくれております。まことに、おかげさまにて」

　伯道、おおきな坊主頭をふかぶかと下げる。

「いえいえ。そりゃ結構ですな」

「はい。おかげさまで。ですが、その相手というか敵というか、なぜ私のような者を脅したりしたのでしょうな」

　軍兵衛、一口酒を飲んで、

「まあ。いずれはっきりしましたら、詳しくお話しいたしますが、実は狙いは先生ではないのですよ」

「とすると？」

　伯道医師の目が不審そうな色をうかべた。

「狙いは、われわれを脅して事件から手を引かせようという、そういう悪だくみだったんでしょうな」

軍兵衛、なんとなく曖昧《あいまい》な言い方をする。

「ほう。しかし、それなら、なぜうちを？」

伯道医師、大頭を振りたてて聞く。

そりゃ、心外であろうな、と軍兵衛はおもいながら、

「それはですな。お宅はわれわれとはいろいろ関わりがありますからな」

「ほう。どんな？」

伯道が首をかしげる。

「ほら、たとえば御用聞きの長次は先生と親しいし、患者でもある。またお宅のお弓さんは長次とも、わしやうちの俊介とも親しい。そんなことですよ」

「ははあ。しかし、どうしてそんなことが相手にわかったのですかな」

伯道は、ますます腑《ふ》に落ちぬ、という表情。

「それは多分、こちらに問い詰められて、ある程度、事情を知ってしまった女が、用人か老女かにしゃべったんでしょうな。気に入られたくてね。女は口が軽いものでね」

「なるほど、うーむ」

軍兵衛はこの辺で話を変えたくなった。

「それより、こういうことはどうお考えになりますかな？　先生ならおわかりになるのではないですかな」

伯道の顔をじっと見る。

「ははあ、なんのことです？」

「つまりですな。人妻が自分でも不倫を働いているくせに、亭主が若い女を近づけると、ひどく逆上するという」

「まあ。そりゃ、あるでしょうな。おのれが悪事を働いていると、相手もそうではないかと勘ぐるわけで」

伯道、冷奴をつるりと口に入れた。

「なるほど」

「つまり、自分が汚れていると、相手も汚れているように見える、というようなもんですな」

「ほうほう。そんなものですかな」

軍兵衛が煙管を取り出した。

「まあ、それはこんどの一件に関わりのあることですかな？」

「いやいや。そうではありませんが」

軍兵衛、煙草の煙をはらうような手つきをする。

「ふーむ。でもそれなら、お弓を狙ったほうがよかろうに……。なぜ、なにも知らぬおさとなどを攫ったのですかな?」

「さあ、それはわかりませんな」

軍兵衛はとぼける。

これはおさとにも、お弓にも言わぬほうがいい。軍兵衛、幼いものにはすこぶる優しいのである。

伯道は、なにか釈然としないらしく、腕を組み、大入道のような頭を光らせて軍兵衛をじっと見ていた。


台所では、お弓がおさとと夕食の支度をしている。

「ねええ?」

「はい、なんです?」

おさとにはちょっと常陸訛《ひたちなま》りがある。

語尾が上がり加減になるのだが、お弓はそんなことは気にしない。いや、気がついても口には出さない。

「もう一品くらい、お出しした方がいいかしらねえ」

おさとは、台所口の暖簾《のれん》の隙から、客間をちょっと覗いて、

「まだ、お料理いっぱい残ってますよ。お年だから、そんなには」

「そうねえ。それじゃ、もうすこししたら、ご飯にしましょうかね」

「はい、はい」

軍兵衛たちには蕗《ふき》の煮物と冷奴、それに烏賊《いか》の刺身を出したのである。

おさとは、まだ子供なのに田舎びたものではあるが、料理の腕はお弓に負けないほどである。

――おさとちゃんの方が……。

上手かもしれない、とこのごろはお弓も内心しぶしぶ認めている。

「だけど、おさとちゃん。はやく元気になってくれてよかったわ」

「ええ、おかげさまで」

板の間の拭き掃除を始めていたおさとが、ちょっと額を拭ってニッコリした。

「ほんとに助かるわ。おさとちゃん、物覚えがよくって」

とお弓。

「いいえ。あたしなんか、まだまだです」

「うーん。そうでもないわよ。患者さんの家も大抵覚えたしさ。お薬だって覚えが早いって、お父さま、びっくりしてたわ」

「そんなことないです」

おさと、目を丸くしている。

「ほんとよ」

「そうでしょうか」

「あのさあ。海津様のとこの俊介さんて、知ってる？」

お弓が聞きたくって仕方がないことを、ようやく切り出した。

「はい。あの、軍兵衛様のとこの」

「そうよ。だけど、軍兵衛様はもう御隠居でね。俊介様が御当主なのよ」

「はい。知ってます。あそこの弥助さんに聞きました」

「そう。……あのねえ。あの俊介さんてどうおもう？」

お弓、躰を落ち着かなく左右にまわしたりしている。

「どうって？」

「ほら、どんな感じかってこと」

「ああ。とても、ちゃんとしたお武家さまだとおもいます」

「ふうん。見たところは？」

お弓、足踏みしたくなるのを必死におさえている。

「はい。とてもちゃんとして」

「ちゃんとばっかりねえ。じゃ、軍兵衛様は？」

「はい。とてもお優しくしてくれて。お顔はこわいけれども」

「それで？」

「それで、とっても頼りになるお方だとおもいます」

「俊介さんは頼りにならない？」

じっと、おさとの目を見つめる。

──あら、この子……。

色は黒いけど、よく見るとわりにかわいい目鼻立ちしてるんだわ、とお弓はおもった。

「そんなことないですけど。まあだ、お若いから」

「あーら、ませてるう！」

「へへ。ごめんなさーい」

――だけど、なぜこのおさとなんかを……。

攫ったのだろう。わたしならまだわかるけど。お弓は何となく、誇りを傷つけられたような気がするのである。

だが、むろんおさとにはそんなことは言わない。だれだって、若い女は傷つきやすいのだから。

十一

二日後の四ツ（午前十時）ごろ。どんよりした雲のおおいかぶさった日である。風は絶えている。

深川・小名木川べりの田中家下屋敷の正門前に、塗駕籠が横づけされた。

正門が開く。

裃姿の武士が黒羽織の供二人をしたがえ、玄関前に仁王立ちになった。

慌てて飛び出してきた、しなびた茄子のような用人、殺された須郷玄蕃の後釜らしいのに、低い声でこう言い放った。

「御目付より参り申した。当家、内膳殿のご簾中《れんちゅう》志野殿には、近日中に龍《たつ》の口の評定所より、御吟味の筋これあり、御呼出しに相成る。その儀、きっと心得おかれますように。念のため、申し上げる」

それだけ言って、裃の武士は平蜘蛛《ひらぐも》のように這い蹲《つくば》った用人を尻目に、さっさと踵《きびす》を返した。

裃姿の武士は、なんと、海津俊介である。

が、これはまんざら芝居や脅し、というわけでもない。

ちゃんと徒目付組頭の、軍兵衛が蛇蠍《だかつ》のように嫌う木村伊太夫《きむらいだゆう》の了解を得てのことである。

つまり、呼出しの前触れなどはしてもしなくてもよいもので、すればよほど念入りというだけのことだ。

だから、木村もちょっと怪訝《けげん》な顔をしただけで、黙ってうなずいたのである。

だが俊介は、

「お弓ちゃんに、頭を使えって言われましたものねえ」

などと言う者があれば、ムキになって怒り出すに違いない。

さらに二日後の昼過ぎ。

軍兵衛は、隣の部屋の話し声で目が覚めた。

この頃は、昼飯のあとなど、たまらぬほど眠くなることがおおい。まして、空が藍色に晴れ渡り、そこへ涼しい小名木川の川風とくれば余計である。

声の主は俊介と、それに長次が来ているらしい。軍兵衛は両手をつきあげて大あくびをしてから怒鳴った。

「おーい。ふたりとも、こっちへ来ぬか。茶でも飲もう」

俊介は、

「どうも、おやかましゅう。お起こししてしまいましたか?」

と頭へ手をやりながらはいってきた。長次もあとに続いている。

軍兵衛がうるさく言うから、長次もこのごろは庭を回ってきたりはしなくなった。ただ、相変わらず、敷居は越さない。

およねが、軍兵衛の声が聞こえたらしく、お茶をはこんできた。

「こんなものしか、ありませんけど」

という。なるほど、茶うけは浅蜊《あさり》の佃煮と漬物である。

「よい、よい。これでよい」

軍兵衛がうまそうに茶を啜《すす》った。昼寝のあとの茶はうまい。

「ところで、父上」

「うん。なんじゃ」

「敵はお弓を狙えばいいのに、なぜおさとをかどわかしたんでしょう？」

俊介は真面目な顔になっている。軍兵衛は、ちょっとためらって、

「うーん。それは伯道先生にも聞かれたよ」

「で？　どうなんです？」

俊介がにじり寄った。

「あれは、間違えたんじゃよ」

軍兵衛がニヤリと俊介を見た。

「え？」

「つまり人違いしたのだ」

「だって、お弓とおさとは似ても似つかないし。そんなことを聞いたらお弓は怒りますよ」

俊介は色をなした。

「ふふ。そうだろうな。だが、夜目、遠目じゃよ」

軍兵衛が無造作に言って、がぶりと茶を飲んだ。

「なんですって？」

「つまりな。昼間見ればお弓坊は色白だし、おさとは黒い。顔立ちもまったく違う」

「そうでしょう？」

「そういっちゃ可哀そうだが、烏《からす》と鷺《さぎ》だな」

「鷺、ですか」

「ものの譬《たと》えだ。ところが、躰つきはよく似ておる」

「そうですかな？」

俊介は首をかしげた。おおいに不服そうである。

「舟を漕ぐ様子など、そっくりだ」

「ははあ」

「それで、人違いしたのさ」

「うーん。そうですかな」

俊介はなんとなく、口をゆがめた。そして、こんな話はお弓には絶対に聞かせられぬ、とおもっていた。

その俊介の眼の色を、軍兵衛は面白そうに眺めている。


この日の夕方。

一度帰った長次がまた、あわただしく駆け込んできた。

「どうした?」

と軍兵衛。

「それが……あの……」

長次は息が切れている。

「うむ。ゆっくり話せ」

「あの、お屋敷の奥方が、きょう亡くなったそうで」

「なに!　どうして?」

と俊介も居間から立ち上がって、縁先に寄ってきた。

「なんでも、病死されたということで、ただ……」

「ただ、なんだ?」

と軍兵衛。

「奉行所の噂では、奥方は自害したのだ、とか、いや御隠居が手討にしたのだとか、いろいろな説があるそうで」

「うーむ。なるほど」

軍兵衛がうなずいた。

「ですが、あの目の不自由な隠居が手討など、考えられませんが」

と俊介。

「いや。わしは若い頃、聞いたことがある。どこかの大名家の一族で、実に精妙な剣を遣う人がいる、とな。それが内膳殿だったのかもしれぬ」

「しかし、あのひよわそうな、目の不自由な年寄りが」

そう言いながらも俊介、どこか満足そうである。

「いや。そういう方は勘の鋭いものだ。案外、奥方の女中殺しや不倫沙汰まで、知っておったかもしれぬ」

軍兵衛、ひとりでうなずいた。

これでどうやら、すべて片付いた、とおもったのである。

だが、この隠居殿は俊介が前々日、田中屋敷を訪れたことは、まだ知らない。

それでもなぜか、してやったり、という風に小鼻をふくらましている俊介を見て、

――こいつ、なにかやりおったかな？　また、いらざることを……。

とは感じていた。

感じながらも軍兵衛、それはいつものように、知らぬ振りを決めておくことにした。

いつのまにか、夕暮れが濃くなってきている。庭のどこかで松虫が鳴きはじめた。

第三話　鬼門《きもん》

一

海津軍兵衛が、奇異な目に遭った。

その日の朝、元徒目付の軍兵衛は御具足奉行同心であった昔の道場仲間の病気見舞いに、牛込・御簞笥《おたんす》町まで出かけた。

この年の夏も、とうに終わった。

木々の葉の色も、すっかり秋めいてきた。朝夕の風は肌にひやりと快い。

もう九月にはいった。

病人は幸い軽い脳卒中とかで、口もきける。

亭主思いらしい妻女もついているし、跡継の惣領も健在のようなので、軍兵衛はひとまず安心して帰途に就いた。

帰りがけ、藁店《わらだな》のあたりに来たとき、軍兵衛がぴたりと足をとめた。

なにか、異様な物音と、人の叫び声のようなものが聞こえた。

近くの毘沙門堂《びしゃもんどう》の裏手の木立の辺のようだ。

物音は刃物の打ち合う鋭い響きであったし、それにまじって女の呻き声もした。

軍兵衛、年のわりには好奇心が旺盛である。

すぐさま、雑木林と竹藪のあいだの細い道に飛び込んだ。

旅装束の若い女が短い脇差を握って、うつぶせに倒れていた。

目をつぶっている。

軍兵衛は女を抱え起こし、すばやく傷を見た。右肩に一か所、左腕に二か所が血にまみれている。

そのとき、雑木林の中を走り去る羽織、袴の大柄な侍の姿が、チラと眼のすみにはいった。

だが、それを追ういとまはない。

「これ！　どうした？　なにがあったのだ？」

助け起こすと、女はうすく目を開けた。軍兵衛の顔を見ると、いきなりしがみついてきた。

その顔がはっとするほど、凛々《りり》しかった。

女は、

「か、敵討《かたきうち》。敵討です。不覚をとりました。どうか、どうかお助けを。もう一太刀、もう一太刀……」
　と口走った。
　肩の傷は、出血がひどい。
　だが、命取りというほどではあるまい、と判断した軍兵衛は、あたりを見回した。
　林の入口から透かしてこっちを見ている、尻端折りの町人が一人いた。
　軍兵衛は、この職人風の男を近くの自身番に走らせ、医師と役人の手配を頼んだ。
　軍兵衛は、駆けつけた大家らには、おのれの名を告げ、
「なに、ちょっと人助けをしたまでで」
と答えてその場をあとにしたが、なんとなく後で厄介事になりそうな予感がした。
　――それにしても、美しい女子《おなご》であったな。
と軍兵衛はおもう。だが、軍兵衛ほどの年齢になると、それほどの感動はない。
　若い者は自分も相手も、今のままの姿が永遠に続くように思うものだが、年

寄りは違う。

かわいい赤ん坊がお転婆な少女になり、美しい乙女になり、やがて太った中年女から、意地悪そうな皺くちゃばあさんになるのを、何人となく、見ているからである。

そんなことより、軍兵衛はこのとき、強烈な不審の念を抱いていた。

女が死んでない以上……。

自分の身元はすぐわかってしまうであろうに、あの侍はなぜ逃げたのか、という――

敵討に遭って、これを返り討にする、ということは、武士にとって誉れにこそなっても、恥とすることではない。

それを、なぜ逃げたのか?

相手が女だったから、斬ってしまったことに気が差した、ということか?

二日後。

出入りの深川・六間堀の御用聞き長次が、軍兵衛の一人息子の俊介を訪ねてきて、この一件の話をした。

いまは俊介が当主で、軍兵衛は隠居である。

この父子は普段あまり話しをしないから、この件は俊介には初耳だった。

「おんな？　敵討だって？」

俊介が眼を光らした。

「へえ。本人はそう言ってるようで」

「武家の娘か？」

「いえ。それが下総《しもうさ》の百姓の娘でして」

長次はちらと俊介の顔を見る。

「ふうん。武家でなくても近頃敵討はあるそうだが、江戸市中でなあ。やっぱり珍らしい方かな」

やや興味が薄れた風だ。

「さいで。父親と弟の敵討だと言ってるようで」

「歳はいくつだ」

「たしか、二十歳《はたち》ちょっとだったと思います」

「ふうん。別嬪《べっぴん》か？」

俊介が乗り出した。

「それがね、旦那。嘘《うそ》のようなほんとの話」

長次が焦《じ》らすように、わざと声を低くした。

「美人なのか？」

「ええもう、飛びきり。現金、掛け値なし。一枚絵にして売り出したいくらいで」

俊介の目つきが変わる。

「ふーん。それを親父殿が助けたって？」

「へえ。そんなことらしゅうござんすよ」

長次はひとりでうなずいている。

「で？　その娘、国から出てきて、江戸でなにをしていたのだ？」

「神田の町道場で女中奉公してたようですな」

「ほう！　剣術の修行をしていたのか？」

俊介がまた向き直った。

「いえ。本人はそのつもりだったかも知れませんがね。ほんとのとこは、こっそり見てたくらいのようです」

「それで？　どんな具合だったんだ、その敵討？」

「とにかく、見ていた人はいねえんですよ」

「そうだろうけど」

俊介、身を乗り出す。どうしても、聞きたいところである。

「奉行所の話じゃ、道を通る敵《かたき》になんとか声をかけて、あの林のなかへ引き込んだのではないか、ってんですがね」

「なんだ。色仕掛けか？」

俊介が興ざめな顔をした。

「あの器量だから、そうすりゃ簡単でしょうが、そんなことをする娘《こ》じゃねえでしょうな」

「すると、どうしたんだ？」

じっと長次の目を見る。

「多分ね。なにか旅の途中に、急病で苦しんでいる振りでもしたんじゃねえでしょうか」

訳知りのような顔をする長次。

「ふうん。そうかも知れんな」

やや不満そうな俊介。

「そこで、隙を見て突っかけたが、女の腕だ。浅手を与えるのがやっとで、逆に斬られてしまった。そんなことじゃねえでしょうか」

長次は二つ、三つうなずいてみせる。

「そうかもしれんな。それで？　いまどこにいる？　奉行所か？」

やや興味を持ち直した調子になった。

「へえ。百姓、町人には敵討免許なんぞありゃしません。一応、御調べがあるわけで。本当に敵討なのかどうか」

「もう、小伝馬町送りになったかな」

俊介は、かなり熱心である。

長次はおかしそうに、

「今日あたり、多分お牢かも知れませんなあ」

わざと焦らすような言い方をする。

「ほう。いっぺん見にいってみるかな、その勇ましい別嬪さんを」

俊介、勢い込んで言う。

「へへ。お弓ちゃんにはちゃんとお伝えしときます」

「ばか」

俊介、うれしそうに笑う。

「へっへ」

「ところで、その敵ってのはどんな男だ」

「お武家だそうです。直参《じきさん》の」

「なに、直参?」

俊介の目つきが変わる。

「へえ。御先手組の」

「ふうん。その男の怪我《けが》は?」

「それは大したことないようで。横っ腹をちょっと刺されたくらいで」

「命に別状ないのだな」

つまらなそうな顔をする。

「それで、逃げちゃったって?」

「へえ、そのようで」

「おかしな侍だな」

「まったく。気のちいせえお人なんでしょうよ。それにしても、往生際の悪いお方だ。あんな美人に、討たれてやればいいのに」

長次が唾を吐きたそうな顔をした。

「ふふ。まったくだ。そいつの面《つら》が見たいよ」

「ほんとでさ」

だが、俊介はなんとなく、この一件は気にかかった。

大川から小名木川を渡ってくる風が涼しい。どこかで、風鈴が鳴っている。

二

翌日。

昼番の俊介は書類を調べてみた。

仮にも直参の武士が市中で敵討に遭ったとなれば、これは徒目付の仕事である。

当番の者の簡単な一件書類があった。

それによると――。

討手は下総国・浅尾村の生まれのきく、二十二歳。敵《かたき》とされたのは御先手組同心、三浦豪右衛門《みうらごうえもん》、四十七歳。

きくは十年前に父親清蔵《せいぞう》、当時三十六歳を、また七年前には弟平吉《へいきち》、当時十三歳を、いずれも豪右衛門に殺害された、と申し立てている。

現在、南町奉行所で、事実関係を調査中、とある。

次の非番の日、俊介はお弓にこの話をした。

医院の前に呼び出したのではなく、お弓が軍兵衛の持薬を届けにきたのをつかまえた。

「卑怯《ひきょう》なお侍ねえ。逃げたりして」

が、お弓の最初のひとことだった。

「うん、まあそうだな。それでさ、おれは牢屋に行って、その女から話を聞いてみようと思うんだが……」

言いかけると、

「美人だっていうからでしょ」

ぴしゃりとやられた。

「ちゃーんと、知ってるんですからね」

「いや、べつにそんなわけでは……」

と言いながら俊介、あの長次のおしゃべりめ、と腹の中で舌打ちしている。

「でもね」

とお弓が真面目な顔になって、

「やっぱり、その女の人からお話を聞いた方がいいと思う」

「やっぱりな」

俊介、二度もうなずく。

「そうですよ。御父上がらみのことですからね。親にはちゃんと、尽くすところは尽くさなくちゃ」

「わかっているよ」

俊介は不機嫌な顔をした。その顔をチラリと見てお弓は、

「それでは、これにて」

急に妙な声を出して、ちょいと顎をしゃくり、さっさと帰ってしまった。

次の日。

俊介は夜詰だったので、朝のうちに小伝馬町の囚獄を訪ねた。

顔見知りの牢屋同心は折悪《おりあ》しく不在だったが、日直らしい小森六兵衛《こもりろくべえ》という年配の同心が親切に相手をしてくれた。

——この人、根が親切ということもあろうが……。

と俊介は思う。徒目付というのは牢屋同心にとって、お目付け役のような、いわば〝うるさ型〟だからな。

牢舎見回り、も徒目付の役目なのである。

徒目付は毎日一回、牢屋巡視を行うが、その時間は決まってはいなかった。

この日は、わりに親しい冬木新助《ふゆきしんすけ》という同僚が当番だったが、俊介が事前に頼んで代わってもらったのである。

「なんだい、急に？　ああそうか。御隠居が助けたとかいう、美女敵討の一件か」

三十男の冬木は、鼻毛を抜きながらにやにやした。

この冬木という先輩は妙に勘がいい。

俊介が父軍兵衛の不審な行動に気づいたのも、この冬木の、「おぬしの親父殿も居合の達人であったな」という何気ない一言からであった。

「いや、別にそういうわけでも……」

と言葉をにごす俊介に、

「まあいい。だけど、牢屋は不潔だぞ、臭いぞ。孝行息子もつらいの」

と冬木はどこか探るような目を、高笑いでごまかした。そして、

「その娘、ツルはたっぷり持ってるかな？」

と俊介の顔を流し目で見た。

ツルとは所持金のことで、その多寡《たか》で牢内での扱いが大きく異なる、という。

そのくらいのことは俊介も知っている。

「いや、知らんが、そうは持っておるまいよ。女中をしてたんだから」

「それじゃ、あんまり長生きはできねえかも知れないな」

と、冬木はまた笑い声を残して行った。

——地獄の沙汰《さた》も……。

金次第か、くそっと俊介は思った。だが、敵討までしようとした娘だ。そう簡単に死ぬような女じゃないだろう、とも思った。

徒目付の巡視は、牢屋同心の案内で牢の外鞘（外側の通路）を裃姿で回って歩く。

その際、

「なんぞ、申し立てることはないか」

と言って回ることになっている。

そのとき、囚人がうっかり牢名主などへの苦情を言ったりすると、大変なことになる。たとえ牢名主は替えられたとしても、あとでほかの牢役人（囚人）から残酷な私刑を受けて、殺される者さえある、という。

　巡視の前、俊介は小森同心に、おきくの申し立てのあらましを聞いた。

　帳簿をぱらぱらとめくっていた小森は、

「ああ、これだ」

　と帳簿の一か所を指で叩いた。

「村の氏神様の祭礼の時、起きた事件のようですな。ちょうど十年前です。毎年、九月十五日に鎮守の明神様のお祭りがある。そのあとの酒席でのいざこざが発端のようです」

「いざこざの原因は？」

「三浦という男は、元はおきくの村の百姓だったんですが、おきくの父親清蔵とは折合いが悪かった。清蔵は地元ではかなり声望があったらしいので、癪《しゃく》だったのでしょうな」

　小森はつまらなそうに続ける。

「ははあ。すると三浦という男は、あとで同心の株を買って侍になった、というわけですな」

「左様です。それでと、その酒の席で二人が口論となったが、まわりがとりなしてすぐ収まった」

「なんの争いだったのです？」

俊介は辛抱強く聞く。

「ああ、なんでも三浦は清蔵に借金をしていたようで、その返済が遅れているとか、逆に三浦の方は清蔵の飼っている犬の鳴き声がうるさいとか、そんなことだったようですな。三浦は犬嫌いらしい」

「ほう」

俊介が顎《あご》をなでる。

「ところが帰りがけ、あとでうちへ来てくれ、と利助《りすけ》が言うので。三浦はもとは利助といったんですな」

「なるほど」

「それで、利助方へ清蔵が行った。ところが、そこでまた騒ぎになって、近所の人が覗いてみると、もう清蔵は利助に脇差で斬られて死んでいた」

小森は面倒臭そうに言った。

「ふうん」

「利助は百姓ながら、立見流居合を学んで、かなりの腕自慢だったそうです」

「そうですか」

「ところが、村の住職とか顔役たちが、必ず利助を出家させて永く清蔵の供養をさせるから、とおきくや親戚を口説いて、とうとう内済《ないさい》にしてしまった」

「なんですって？」

俊介が聞き直した。

「田舎では、こういうことがあるようですな。ところが利助は本当に出家をすることはしたようですが、一年後に勝手に還俗《げんぞく》して、こっそり家屋敷、田畑を売り払って江戸へ逃げ、御家人株を買って御先手同心になってしまった。それを娘のおきくがようやく突き止めて、親の敵と、こうなったわけです」

小森は、急いで話をまとめた。

「ははあ」

「何分古いことですし、三浦という男もまったく否定しておる。清蔵を殺したという証拠が摑めんのですよ」

小森はひとりでうなずく。

「なるほど。さようなことですか」

「証拠がないと、いくら敵討だと当人がいっても、そう簡単に御構いなし、とするわけにはいかんのです」

そう言って、小森同心はぴしゃりと帳簿を閉じた。

「相わかり申した」

俊介は、どこか割り切れぬ感じだったが、そう言うしかなかった。

ちなみに、御家人の株の売買というのは幕府の末ごろには、かなりさかんに行われていた。

もともとは、「お抱え席」という一代限りの御家人の場合に行われたのが、のちには世襲の「ご譜代席」や、下級の旗本の分限まで金で売買されるようになった。

これは買い取る相手の近親者と偽って行うものなので、これが露見すれば双方が死罪になる。

それなのに、その大きな危険を冒してまで売り買いが後を絶たなかった、ということは、裕福な百姓、町人には「二本差し」への憧れがいかに強かったかということだ。

なお、売買の値段は時代によって差はあるが、与力は千両、御徒衆で五百両、同心は二百両が相場だった、という。

三

巡視のとき、女牢の前で俊介は案内の小森に頼んで、おきくを牢格子の前まで呼び出してもらった。

黙って平伏してから、

「なんの御用でございましょう？」

と顔をあげたおきくを見て、俊介の胸に衝撃が走った。

その眼、である。

鼻や口元は、むしろ平凡である。だが、その眼には不思議な力があった。

その眼だけが薄暗い牢内に、異国の花のように浮いていた。

濡れ濡れと大きく、黒い。

――うーむ……。

俊介は心のなかで、唸った。

一目見た男を、

「この女《ひと》を、なんとかしてあげねば」

と、そう思わせるような、強い訴えをいっぱいにたたえた眼だった。

ほかの女囚たちが、たいてい差し入れらしい派手な絹ものをだらしなく着ているのに、おきくは地味な紺の木綿縞《もめんじま》の襟元をきちんと合わせ、首筋をすっと伸ばしていた。

「ええと。なにか、言い忘れていることはないか？」

と言う俊介に、

「もう、すべて申し上げましたので」

と、それだけしか言わない。

それでも黙って見ている俊介に、

「ただ……」

と言って、しばらくだまり、それから、

「もう、すべて申し上げました」

と頭を下げた。

だが、その美しい顔に一瞬、魔のようなものが走りすぎるのを俊介は見たような気がした。

巡視を終え、小森らに送られて外へ出ると、涼しい晩夏の微風を甘く感じた。

――さっき……。

おきくが口ごもったのは、なにを言いたかったのだろう、と俊介は考えながら街を歩いた。

肝心の敵は討ちもらし、自分は牢の中である。どんなに無念であろう。叫び出したいほどであろうに、おきくはきちんとして耐えている。それでも、押えきれぬ怨念《おんねん》が瞬間の鬼女となって顔に出たのか。

冬木新助の、

「あの女はあんまり長生きはできねえかも知れないな」

という不吉な高笑いが、俊介の耳の底で鳴っていた。

屋敷へ帰ってから俊介は、きょうの話を軍兵衛に逐一、報告した。

いらざる事を、と叱られるかとびくびくものだったが、珍しく軍兵衛は黙って聞いていた。だが、その心の中は激しく動いているようであった。

しばらくして、裏木戸から軍兵衛の出て行く気配がした。

俊介はにやりとした。

――やはり……。

親父殿だって放ってはおけまいな、と思ったのである。

軍兵衛は『粋月』へ行って、女将の加世に筌《うけ》をふたつ、出格子《でごうし》に出してもらった。

筌ふたつは、御用聞きの長次への合図である。

それから一刻（二時間）ほど、軍兵衛は加世になんだかんだとあや、さ、れ、ながら、じりじりして待った。

やっと、頭をかきかき長次が現れると、いきなり、

「あの、バッタみたい男。鳶《とび》だったという、あの男、名はなんといったかな？」

と、汗を拭いている長次に、酌もしてやらずに言った。

翌日早朝、長次の手先、鳶上がりの喜助《きすけ》が旅に出た。

軍兵衛の有無を言わせぬ指示である。

長次の話では、喜助は変わり者で、二十七になるのにまだひとりものだ。

長次のところのすぐ裏のあばら家に、母親と二人で暮らしている。

近所では、〝犬遣《つか》いの喜助〟で通っている。

どんな凶暴な野犬も、喜助にかかると嘘のようにおとなしくなり、言いつけをきくようになる。

だから、喜助の家の勝手口には、いつも大きな野良公が二、三匹うろついているという。

ついでだが……。

江戸の初期、鎖国令の出る前には、諸大名が狩猟用に競って外国から洋犬を輸入した。

町奴「唐犬《とうけん》権兵衛」と綽名に使われたように唐犬、オランダ犬などの名で、かなり普及していた。

幕末にも、その末がむしろ日本犬より多く町で見られたようだ。黄表紙などにも、たれ耳の大型犬がよく描かれている。

さて……。

そんな犬遣いのうえに、喜助の探索の腕は、長次の手先のうちでピカイチだ、という。

喜助は日本橋・小網町の行徳河岸《ぎょうとくがし》から舟に乗った。行く先はおおきくの故郷、下総である。

四

俊介とお弓は、月見をしている。

ほんとうは先月、仲秋の名月を見るはずだったが、雲が厚く月が出そうもなかったので、ひと月のばした。

九月十三日。「十三夜」の月である。江戸の月見は七月二十六日、八月十五日、九月十三日と三回あった。

無論、今夜誘ったのはお弓だ。

俊介が、そんなことを思いつくはずがない。

ふつうは自分の家の縁側や庭先、あるいは物干し台などで楽しむのだが、これもお弓の発案で、今夜は舟を出した。

このごろは、海や川で月見をするのがはやりである。

水面《みなも》に映る月のほうがいっそう風情がある、というわけだ。

今夜も、混雑するだろう大川は避《さ》けて、小名木川でひっそり楽しもうとしたのだが、そうはいかなかった。

だいいち、二人で楽しもうとお弓は思っていたのに、おさとが、

「わたしが漕《こ》ぎます」

と頼みもしないのに、澄まして櫓《ろ》を握ってしまった。

川に出ても月見の舟がいっぱいで、なかには芸者衆を乗せて三味《しゃみ》の音《ね》をまき散らしている屋形舟まである。

それでも、型通り三方の上に団子を十三個盛り、薄《すすき》を添え、お弓が台所から持ち出してきた父親の寝酒まであって、俊介はご機嫌である。

月は薄い雲間から顔を出したかと思えば、すぐ引っ込んだりしている。

「ああ。まさに十三夜。月遅れ、なにごとも後手後手。おれのようだな」

と俊介、口がすべった。

「あら、どうして？」

と、すかさずお弓。

自分たちのことだな、とわかっているくせに、俊介に言わせたいのである。

「いや、なんでもない。ああ、こういうところへ来ると、まったく別天地だなあ」

と俊介、ごろんと船底へ大の字になる。

「はい、あーん」

お弓が、俊介の口へ団子をいれてやる。

「うまい。いや、うまくもなんともねえ」

と俊介。

「いやあねえ」

とお弓。

「あれあれ。あの舟じゃ、踊ってる人がいますよ。あの人、太鼓持《たいこも》ちかねえ」

とおさと。

「ねえ。酔っ払って、舟から落っこちそうな人がいるよ」

「だあれもさあ。月なんか、見てねえだよ」

しまいには田舎弁丸出しにして、おさとは一人ではしゃいでいる。

「子供だから、しようがないよ。大人の話に割り込みたいのさ。大人の仲間入りがしたいんだよ」

と俊介、ちいさな声でお弓に言う。

「いいじゃない、そんなこと」

と寝そべっている俊介の顔をのぞくようにして、お弓が、

「お牢にいらしたんですってね」

「うう。だれに聞いた?」

俊介、面倒臭そうに言う。

「誰でもいいでしょ。わたしにも耳はございます」

「行ったよ。だけど仕事だよ。仕事」

「あら、そう。で、その方、お綺麗でした?」

なにを言ってるんだ、仕事だぞ、と俊介が言おうと思ったら、艫《とも》からおさとが、

「綺麗って、だれのことですよう?」

と大声をあげた。

五

軍兵衛は『粋月』にいる。

次の夜だ。

ひとりで飲みながら、なにか屈託がありそうである。

目の前には、平目の刺身、鱸《すずき》の塩焼き、茄子《なす》の漬物などが出ているのに、あまり、箸をつけない。

「もっとなにか、ほかのものお出ししましょうか?」

加世が気にして、酌をしながら聞く。

「いや、これでよい」

と、とりつくしまもない。

加世はため息を殺して、奥へ引っ込む。

軍兵衛は昼、このあいだ女を助けた牛込へ行ってみた。

まだ、なにをどうすると決めたわけでもないが、敵《かたき》といわれている三浦という男の住まいや、日ごろの行動などを、なんとなく知っておきたかったのである。

なぜ、あの娘のことが気になるのか、軍兵衛は自分でもわからない。だが、放っておけない気がするのである。

住まいと、勤めの状況、日常の暮らしぶりなどは、すでに息子の俊介と長次に調べさせて、かなり詳しくわかっている。

住まいは牛込・矢来下《やらいした》、酒井家上屋敷に隣り合う組屋敷である。

勤めの状態も、ほぼ承知している。

三浦の属する御先手弓組の任務は江戸城各門の警備で、同心は月五、六回の当番日がある。

その日は朝の五ツ（八時）に出勤し、翌朝の五ツに交代の来るまで詰める。同心が引き継ぎを済ませ、牛込御門からさがってくるのは朝五ツ半（九時）から四ツ（十時）の間である。

そして、この男には奇妙な習性があった。

外出をしないのである。

勤め以外の日は、まったくと言っていいほど他出をしない。

非番の日にも、ほとんど出かけぬ。まして、夜はまず出ることはないという。

組屋敷にずっと、こもっている。なかで何をしているのか、だれも知らない。

――後ろ暗いことを重ねてきた男だから……。

清蔵の娘に狙われるとは思わなかったろうが、親戚にでも仇討《あだうち》をされるのを恐れていたのか。

同心株を買ったことも、偽籍がバレれば、死罪だ。それを不安に思っていたのか。

それとも大風《おおふう》に見える外見とは逆の、単なる途方もない臆病者なのか。

と軍兵衛は首をひねる。

ただ、勤め明けの日には三浦はいつも、荷物持ちの中間は先に帰し、ひとりで牛込御門から神楽坂をまっすぐ帰宅する、という。

——そのときだな。

と軍兵衛は断じた。そのときしか、この用心深い男を狙う機会はない。

だが、

「昼前の神楽坂か」

こいつが問題だ、と軍兵衛は唸る。

軍兵衛は用意周到というか、要するに気が早いから、まだ未定のことにもあれこれ取り越し苦労するのである。

神楽坂は広い道で、人通りも少なくない。

まして、真昼間ということになる。たとえ決着をつけるとしても、まことに具合の悪い時と場所だ。

——なんとかして、この男を……。

人通りのすくない脇道、たとえば三浦の組屋敷の手前の横寺町などへ誘い込む手段はないものか、と軍兵衛がいま頭を悩ましているのは、そのことである。

三浦には少々遠回りになるだけだ。

——あの、おきくという娘も……。

これには苦労したにちがいない。

しかし、わしが同じ手を使うわけにもいかぬ、と軍兵衛は考える。

「ちょっと女将《おかみ》」

と加世を呼ぶ。

「はいはい。お酒ですか？」

「いや。酒はまだある」

「じゃ、おつまみ？　なにがいいでしょう？」

「いやいや、そうじゃないんだ。ちょっと、つかぬことを聞きたいのだが……」

「はあ。なんでしょう。海津様の御用なら、たとえ火の中、水の中、いっそ地獄の果てまでも……」

芝居もどきになる加世を、軍兵衛が手で押さえると、加世はずっこけた振りをする。

「あのなあ。つまらんことだ。女将がいつもの道を歩いているとする。いいな？」

「はいはい」

加世がまじめな顔になる。

「そのとき、道を変えたいな、と思うのはどんな時だろう？」

「道を変えるって、ほかの道へはいるってことですか？」

加世が首をかしげる。

「そうだ」

「そうですねえ。……たとえば、道普請《みちぶしん》のあとで道が荒れてるときとか」

加世が白い、しなやかな指を折る。

「うん、うん」

軍兵衛が、それをじっと見ている。

「あと、御大名の行列に遭ったときとか、会いたくない人が向こうから来たときとか」

加世が顎に手をあてる。

「なるほどねえ。そうか、大名行列ねえ」

軍兵衛はひとりでうなずいている。

「いったい、なんなんです？」

「いやいや。別になんでもない。ちょっと聞きたかっただけさ」

「おや、おや」

加世は少々不満そうだが、けっして深追いはしない。

軍兵衛は機嫌よく、酔って帰った。

——なにか、思いついたのかしら。

と加世は肩をすくめた。

——それならいいけど……。

六

おきくが死んだ。

冬木新助の不吉な予言が、的中した。

南町奉行所から、徒目付に報告があった。

昼番の俊介は、使いを帰してからも、茫然としていた。

もう九月も半《なか》ばである。

——そんな、莫迦《ばか》な。

と思う。

肩の傷は全治した、と五日ほどまえに聞いたばかりだ。

——きっと、「作づくり」に遭ったのだ。

と俊介は歯嚙みする。

「作づくり」とは、牢内での人数減らしのための密殺である。すし詰めの牢内を少しでも広くしようとして、深夜に同囚の手で行われる。数人で、両の手足を押さえつけ、鼻、口を濡れ紙で押さえて窒息させるという。

そして落間《おちま》という雪隠《せっちん》の隣の土間に出しておけば、牢屋同心は深く問わず、かたちばかりの検視のあと、千住の投込寺へ捨てに出すとか。

四人、女郎の投込寺へ入れられる数は一年に三千人を超したという。

その三分の一が処刑と変死だったというから、一日一人くらいは「牢死」したことになるのである。

——おきくは、あの器量だし……。

敵討だってえ、なにをお高くとまりやがって、と余計に自堕落な女囚たちの嫉妬と反感を買ったのだろう、と俊介は思う。

——なんという無法な世界……。

俊介は唸る。

だが、支配違いでどうすることもできない。

あの深淵のような眼は、もう二度と見られないのか。

暗い牢の中で、女囚たちに殺されるとき、おきくはどんなに悔しく、おのれの運命を呪《のろ》ったことだろう。

俊介の口の中が鳴った。知らずに歯嚙みしていた。

俊介は帰宅してすぐに、おきくが牢死したことを軍兵衛に話した。

烈火のように怒るかと思ったが、軍兵衛は黙って目をつぶって聞いていた。

その表情から、なにか摑めぬかと俊介は思ったのだが、なにもわからなかった。

俊介が父親の居間を出ると、入れ違いに長次が鳶上がりの喜助という手下を連れて、あわただしく庭先へはいってきた。

俊介にぴょこりと頭を下げ、眉を広げてみせ、肩をすくめて奥を指さすと、そのまま軍兵衛の居間の縁側に寄っていった。

小半刻（三十分）ほどして二人は出てくると、黙って俊介に頭を下げて消えた。

そのあとすぐに、軍兵衛は『粋月』へ出向き、加世に言って筌《うけ》をひとつ、表へ出させた。

筌ひとつは、軍兵衛の古くからの腹心、小人目付の天野林蔵への合図である。

それから二刻（四時間）あまり、軍兵衛は今夜は焦れずに加世を気味悪がらせながら、待った。

加世には、いつもと違う軍兵衛に見えた。

その間、酒は一本しか飲まなかった。

それから、恐縮しながら現れた天野に何事か入念に頼み、

「ゆっくり、飲ましてやってくれ」

と加世に言い残して先に帰った。


半月後の朝。

海津家の下男弥助は、庭掃除をしていて、妙なものを見つけた。

端にちいさく、

「ぐんべえさま、まいる」

と書いた、結び文である。

――女からか。それとも、いたずらか？

およねに相談しようか、そっとあけてみようかと迷いながらも、結局、弥助は縁側にいた軍兵衛に、おそるおそる差し出した。

「庭に。こんなものが」

「おう、そうか」

軍兵衛はにこりとそれを懐に押し込み、すっと居間へはいった。

結び文を開くと、薄墨で、

「朔」

と一字だけ。

朔《さく》は朔日、つまり一日のことである。

軍兵衛は、三浦豪右衛門の最も近い勤め明けの日を調べるように、天野に頼んでいたのである。

十月一日、つまり今日だ。

つきとめるのに手間どり、筌戦法では間に合わぬとして、結び文にしたわけだ。

――女の真似なぞしおって、いたずら者めが。

軍兵衛は、韋駄天稽古《いだてんげいこ》から帰ったばかりで、さっき、時の鐘が六ツ（朝六時）をしらせた。

――よし。なんとか、間に合う。

軍兵衛、手早く長次への手紙を書き、

「これを急いで長次に届けてくれ。返事はいらぬ」

と弥助に渡した。

手紙の内容は、前もって長次に話してある。それが、いよいよ今朝になった、ということを知らせたのである。

それから、ゆっくりと身支度を始めた。

七

俊介は、朝の五ツ（八時）前から不思議なところにいた。

神楽坂を抜けると、通寺町。それを行くと、矢来下の手前に左にはいる狭い道がある。

横寺町というのだそうだが、この辺は寺ばかりの町だ。横寺町の両側だけでも、十あまりの寺が軒を接している。

寺の間にいくつかの木立があり、そのひとつの雑木林に俊介は潜んでいる。むろん、軍兵衛を気遣って、である。

「出ちゃ、いけませんよ」

と、朝っぱら、手先に俊介をたたき起させた長次が珍しく厳しい目で言った。よほどいそがしい目にあったのか、息せき切っている。

俊介は黙って頷いた。

俊介が屋敷を飛び出したとき、軍兵衛の姿はとうになかった。

小半刻（三十分）……半刻（一時間）……。

横寺町の入口に、侍が一人、足をとめた。

なにごとか、思案しているようだ。

俊介は躰《からだ》を固くした。

もみあげを長くのばした、大柄で目のぎょろりとした男。長次に聞いていた三浦豪右衛門の人相、風体にぴったりである。

三浦はしばらく躊躇《ためら》っていたようだが、やがてくるりとこちらを向いて、俊介の潜む横寺町へはいってきた。

俊介は、ますます身を低くする。

三浦は俊介の前を通り過ぎ、奥の方へ歩いていく。

朝のこの時間では墓参の人もまだ現れず、横丁は森閑としていると……。

俊介は、瞬きを忘れた。

一番奥の左側の寺から飛び出した覆面の男が、三浦豪右衛門とぱっとすれ違った。

と見ると、もう右手の長元寺という寺の門内に消えていた。

三浦は二、三歩、よろよろと歩いたと思うと、ばたりと俯《うつむ》けに倒れた。

首が、二間ほど離れた寺の門前に転がっている。

切口から、おびただしい血が霧のように噴き出し、三浦豪右衛門は手足を痙《けい》攣《れん》させていたが、すぐに動かなくなった。

右手を刀の柄《つか》にかけ、一寸ほど抜きかけていたように見えた。

この間、俊介はなにかするどころか、息もできなかった。

すこし、あとになって、

――せいぜい二つか三つ……。

数えるほどだった、と思う。

あそこで、あの時刻だ。なるほど、あの一手。あの一手しかないな、と俊介は舌を巻いていた。

――あれが、親父殿だ。

俊介は雑木林にへたり込んだまま、しばらく動けない。

――できなかった。なにもできなかった。おれは……。

と、そればかり、考えていた。

軍兵衛はそのころ、矢来下の通りをいかにも隠居らしく、杖をついてよたよたと牛込御門の方へ歩いていた。

――俊介のやつ。こんどは手を出せなかったな……。

それでよい、それでよい、とうなずく。

あの一刹那《いっせつな》に、軍兵衛は俊介が隠れているのをちゃんと目の隅で捉《とら》えていたのである。

長元寺には裏門があって、裏通りに抜けられる。

そこを、ちょっと北へ走れば矢来下の通りに出るのを、事前に確かめておいた。

ついている杖も、じつは杖ではない。

柿色の布袋に入れた愛刀・上総介兼重《かずさのすけかねしげ》である。袋をねじっておけば、いかにも枇杷《びわ》などの古杖に見える。人目を引かぬための用意である。

刀にも仕掛けがある。

鞘《さや》だけは白鞘を使っている。

白昼、往還での成敗、瞬息の技である。血刀を拭《ぬぐ》う暇などはない。そのために、手入れの簡単な白鞘を用いた。

白鞘というのは塗りがない。二枚の朴《ほお》を刀身に合わせて削り、続飯《そくい》で貼り合わせただけである。

だから、割って中を掃除するのは容易だ。

血刀のまま本来の鞘に納めると、刀も鞘も傷んでしまうのである。心得のある剣客は、そういうことはしない。

八

その日の夜。

軍兵衛の居間では、珍しく俊介が軍兵衛の晩酌の相手をさせられている。

夜になると、もうめっきり涼しくなった。

不思議なことだが、親子で屋敷で酒を飲むということは、二人には全く初めてのことである。

台所のおよねと弥助は、顔を見合わせた。

弥助などは窓から顔を突き出して、

「こいつは、雪でもくるかな」

とおどけて、およねに尻を叩かれた。

「なにか、よっぽどいいことがあったんだよ、きっと」

とおよねが、ひとりでうなずく。

「いいことって、なんだ？」

「そりゃ、わからないけどさ。大旦那のあんなに機嫌のいい顔、あたしゃ初めて見たよ」

　およね、おおげさに目を丸くしてみせる。

「へへ、そうかね」

「それからさあ。あんた今朝、長次さんのとこへ飛んでったろ？」

「ああ。行ったよ」

「あれは、なんの用だったんだい？」

「いやあ、手紙を届けただけだい」

　弥助、女はしつこいな、という顔で、唾を吐く。

「ふうん。なんの手紙だった？」

　およねは、そんなことでは引き下がらない。

「それは知らねえ。だけど、長次親分、だいぶ慌てていなすったようだよ」

「ふうん。なんの用だったんだろ？」

「知らねえと言ってるだろ」

　弥助がぷんと横を向く。

「うん。だけど、あれだね。あんたの前だけどさあ」

「おお、なんだい？」

弥助が上がり框《かまち》に腰かけて、煙管《きせる》を取り出した。

「大旦那って、ニコニコしてれば案外、顔立ちは悪くないんだね」

「そりゃ、おめえ、立派なもんだよ」

弥助がプカリとふかす。

「若旦那にも、ちょっと似たとこがあるんだよね。びっくりしちゃった」

「そりゃそうだよ。親子だもの。おめえ、今夜はさ、珍しいことなんだから、もう一品くれえ、奮発したらどうだい？」

「そうねえ。これでおふたり、もっと仲良くなるかも知れないものねえ」

「そうだとも」

そこで二人、顔見合わせて、うれしそうに笑った。


軍兵衛の居間では……。

「いつ、お決めになったのです？　今朝のこと」

と俊介が聞いている。

「うん。半月ほど前だったかな。長次が喜助を連れてきたろう。あのときさ」

「なにか、判明いたしたので？」

ふたり、代わるがわるに箸を出す。

およねの今夜の献立は、鯊《はぜ》の甘露煮に冷奴、それに秋茄子の漬物といったところである。

「おお。あの喜助という奴、使える男でな。豪右衛門のもうひとつの悪事の真相を探り出しおった」

「と言いますと？」

俊介が盃を置いた。

「あやつはおおきくの弟も殺しておった」

「そのようですな」

「後顧の憂いを断とうとしたのであろうな」

「それで、なにがわかったのです？」

俊介が軍兵衛の盃を満たす。

「出府して二年後に、奴めは村へ帰った。侍姿を皆に見せびらかしたかったのだろうが、そのときだ。その殺しのきっかけというのが、いかにも奴らしい」

そう言って、軍兵衛は酒をぐびりと飲んだ。

突然、雨が屋根を叩きはじめた。

ふたり、ちょっと表を見る。

「なに、にわか雨さ。すぐやむよ」

と軍兵衛。

「そうでしょうな。……それで、その弟の殺しのきっかけというのはどのような？」

「弟は平吉といって、七年前の当時十三だったが、この子はかわいそうに、発育の少々遅れ気味の子だった」

「ははあ」

俊介、伏し目になる。

「それを夜、いいものをやるとか言って川っぷちに連れ出した。そこへ近所の犬が一匹吠えついた。豪右衛門は思わず逃げ腰になった。すると平吉が『なんだい、お侍なんだろ、おじさん。あんなちっちぇえ犬っころに』と笑ったんだそうだ」

「それで？」

俊介が顔をあげる。

「それで豪右衛門は思いっきり、平吉を川へ突き飛ばした。平吉が泳げないのを知っていてやったのだ。平吉は溺れ死んだ。咄嗟《とっさ》にか、最初からそのつもりだったかはわからん。どっちにしても、後々の災いを除こうと思ったのだろうよ」

「なんと!」

「ところが、近くの辻堂の堂守がそれを見ていた。そいつを喜助が見つけて、うまくしゃべらせたのだ」

「うーむ」

「どうだ? お前でも、これなら踏ん切りがつくだろう」

「はい。まさに。しかし、あの早技には驚きました」

「ふふ。こんどは、なにも出来なかったか?」

軍兵衛が意地の悪い目でチラリと見る。

「いえいえ。わたくしはいつも、なにも……」

俊介、暑くもないのに額の汗を手で拭った。

「おや。そうかい?」

軍兵衛、下唇を突き出してみせる。

「ひとつ、伺っていいですか?」

「うん。なんだ？」

「あの横道に、どうやってあの豪右衛門を誘い込んだのですか？　あの男は滅多に通る道は変えぬ、と聞きましたが」

「ふふ。犬さ」

　軍兵衛、少々得意そうである。

「いぬ？」

「このあいだ、住吉町の竈河岸《へっつい》で酔っぱらった医者が野犬の群れに食い殺された、という事件があったろう」

「ああ、聞きました」

「犬の嫌いなやつは、ますます震え上がるだろうな」

「それは、そうでしょうな」

「そこで、ぱっと思いついたのだ」

　軍兵衛、わずかにニヤリとする。

「なにをです？」

　俊介は身を乗り出す。

「実はあの横寺町の少し先にな、犬を三匹、放しておいたのさ」

「なんですって？　……どこから持ってきたんです？」

「ふふ、あの喜助という男がの、なんと犬を扱うのが得手《えて》でな。たちまち三匹も連れてきよった。おおきいのばかりな。あいつは、家も長次の近くでな、うまくいったよ」

「なんと！」

「そうよ。豪右衛門には犬は鬼門だからの。あいつは犬が嫌いというより、犬が恐いのだ。とにかく、あの人目の多い大通りでは、いかにわしでも何もできん」

「ははあ」

「どうしても、あの細い横寺町に誘い込む必要があったのさ」

「なるほど」

「犬はの、間一髪で間に合ったよ。いや、喜助と長次には苦労をかけた。なんでも、手先と四人がかりで引っ張ってきたそうだ。しかし、喜助も大したものだ。よく、あの野良犬どもをじっとさせておいたものよ」

俊介、二度、三度うなずいた。

親父殿は、がさつのように見えるが、じつはなかなかの深謀遠慮だ、とつくづく感服する。

おれなどは、とっても及びもつかない。

――それであのとき……。

長次は息を切らしていたのか。

急いで大型犬を三頭、引っ張ってくるのは大変だったろうな、と俊介は思う。

たやすくは人の言うままにはならぬ、獰猛《どうもう》な犬どもであろう。

「あの、おきくだがな。ひと段落したら、長信寺の住職に頼んで、墓を建ててやろうと思う。縁があったのだからの」

長信寺は、深川・北森下町にある海津家の菩提寺である。

「それはいいですなあ」

俊介の頭のなかで、おきくがあの濡れ濡れとした大きな黒い眼を細めて、かすかにほほ笑んだ。

――うーむ。さすがは親父殿……。

おれはまだだなあ、と俊介。冷えた酒をぐいとあけて、

「もうひとつ、お聞きしてもいいですか？」

「ああ」

軍兵衛、ゆっくり盃を干す。

「最初の時、豪右衛門は逃げたそうですが、どうしてでしょう？　おきくが死なぬ限り、自分の身元はすぐ割れるのはわかり切ったことなのに」

「それは、わしも考えてみたが、あれは昔の地が出たんだろうな」

「昔の地、といいますと？」

俊介、しきりに考えている顔つきをする。

「あのとき、自身番に届けてくれた男がいたことは聞いてるな？」

「はあ」

「紺縞の単衣《ひとえ》を尻端折りして、角帯、紺の股引に白足袋《しろたび》、草履《ぞうり》ばき。がっちりした体格で、ちょっと御用聞きか、地方の番太みたいな格好だったからだろうよ」

「ははあ？」

俊介、首をひねる。

雨はいつのまにかやんでいる。

いっとき、絶えていた虫の声が、また、あたり一面に湧いてきた。

「江戸者は御用聞きなど、なんとも思わんが、地方の人はお上の者には卑屈なくらいになる。だから、その手先の番太も、ひどく恐れるものだ。道で会えば、すぐに避ける。村の警吏だが、やくざ者あがりが多いのだ。二足の草鞋《わらじ》とかいってな」

「そんなものですか？」

俊介、どこの国の話か、といった顔をする。

「うん。それにな、腕っ節の強い子分を大勢抱えているし、ことがあれば人を斬ることなど、なんとも思っていない連中だ」

「ほほう」

俊介も盃をあける。軍兵衛が注いでやる。

俊介、多少かしこまってうける。

ちかごろ、だいぶ酒の腕もあがってきたのである。

「なにしろ荒っぽいからの。長い十手を振り回して、怪しい奴は片っ端からしょっぴく」

「ふうむ」

「それにあの三浦という男、見かけとは違って、実はごくごく気の小さい奴らしい」

「そのようですな」

俊介もうなずく。

「いくら返り討にしたのだといっても、現実に女を斬った直後だし、そこへ番太みたいな男だ。狼狽して、つい田舎にいた時分の癖で、一目散に逃げてしまったのじゃないかな」

軍兵衛、奇怪な笑顔になる。

「ほほう。なあるほど。それで、その御用聞きか番太風の男、本当は何者だったんです？」

「あとで聞いたらの。鍋釜直しの鋳掛屋《いかけや》だったそうだ」

月こそ出ていないが、雨上がりの涼しい夜風が居間に流れてくる。

――あいつもどうしたろう。もう床払いしたろうか……。

と、軍兵衛の頭はもう、牛込の病友の方へ飛んでいる。軍兵衛の昔の道場仲間も、健在な者はすでに往時の半数に満たない。

庭から小名木川、さらにその向こうの大川端まで、あたり一帯は盛大な虫《むし》時雨《しぐれ》である。

第四話　囮《おとり》

一

その屋敷には、幽霊がでるという噂があった。
その屋敷の中を、幽霊が歩いていた。
廊下を、音もなく、白刃を提げて……。
十月初めの深夜。
屋敷の奥の一間から、かすかな明かりが細長く、廊下に漏れていた。
白刃を持った幽霊は、音もなく襖《ふすま》をあけた。
夜具が二つ、並んでいる。
有明行燈《ありあけあんどん》のほそい灯に、女二人の寝姿がぼんやり浮かんだ。
幽霊ではなかった。
覗いた者は、若い男である。
男は無言で、大刀を振り上げ、片方の女の顔に斬りつけた。
悲鳴——。
女は抜き身を右手でつかんだ。

指がぱらぱらと落ちる。
女はさらに悲鳴をあげてよろよろと立ち上がり、逃げようとした。
隣で寝ていた女が飛び起きて、逃げ出した。
「この売女《ばいた》！」
わめきながら、男は逃げる女の背中に斬りつけた。
隣室で寝ていた男が飛び出して、抜き身の男をうしろから抱きとめた。
男は刀を逆手に持ち替えて、うしろの男の脇腹を刺した。
騒ぎに家士らしい二人が抜刀して駆けつけたが、あわてふためくばかりで、
なにもできない。
「抑えよ。抑えよ」
と腹を刺された男が叫ぶ。
人を斬った男はよろよろと廊下に出た。
柱に寄りかかって、
「仕損じた……死に遅れたわ」
呟きながら、大刀の物打ちを着物の袖でつかみ、腹に突き立てた。
しばらく唸っていたが、やがて引き抜いて刀を持ち替え、左手を棟に当てて

右首筋を一気に引き斬った。

男は俯《うつむ》けに倒れ、じきに動かなくなった。

二

ことが公《おおやけ》になった。

翌早朝、徒目付から、夜詰の人員のうち冬木新助、海津俊介の二名が小人目付を連れて現場へ出張った。

武家では、屋敷内の不祥事はできるかぎり伏せるのが通例だが、これはそうはいかなかった。

騒ぎに動顚《どうてん》した下男が、近くの辻番所へ駆け込んでしまった。

凶事のあったのは神田・小川町に屋敷を構える五百石の旗本、畑野左近《はたのさこん》方であった。

死人が一人、怪我人が三人である。

すでに医師が呼ばれ、手傷の手当は行われていた。

怪我人と怪我の模様は次のようであった。

畑野左近、五十歳。西丸御小姓組番衆。右脇腹に刺《さ》し疵《きず》。

同せつ、十七歳。左近長女。背中に七寸ほど切り疵。

長谷川《はせがわ》たか、十八歳。せつの友人で大番頭《おおばんがしら》、長谷川内膳《ないぜん》次女。右目の上から耳へかけ大疵。右指二本斬り落とされる。

畑野徹造《てつぞう》、二十二歳。左近嫡男。西丸御書院番衆。切腹、死亡。

なお、同居の左近妾とみは、押入れに隠れており、無事。


徒目付、小人目付の一行は屋敷内を調べたあと、病床の畑野左近から事情を聴取した。

これには年長の冬木があたったが、左近の怪我は内臓には達してない模様で、応答には差し支えない。

畑野は寝床から身を起こして、応対した。

「さて、どのようないきさつで、ありましたか?」

冬木は落ち着き払って切り出した。

「いや、いきさつもなにも。寝ていたら、いきなりのありさまで」

畑野は目の前で、しきりに手を振りながら答える。

かなりの男前である。

いまは多少やつれも見えるが、態度は傲岸《ごうがん》そのもので、緊張している様子などまったくない。

「斬ったのは、ご嫡男の徹造殿ですな」

冬木は低い声で、じっと畑野の表情を窺《うかが》いながら尋ねる。

「左様。なんで、あんなことを……。乱心。いやまったく、乱心したとしか思えん。まったく、あんな馬鹿者とは思わなんだ。これでは、さっそく養子の詮《せん》議《ぎ》じゃ」

畑野はしきりにうなずきながら、力を込めて繰り返す。

「以前から、なにか他人《ひと》に遺恨のようなものは？」

「いや、まったく思い当たることはござらん」

畑野はあらぬ方へ目をやる。

「左様か。で、昨日はどのような一日でありましたか？」

と冬木はいかにも事務的な口調で聞く。

「実は大番頭の長谷川内膳様と拙者とは、前から昵懇《じっこん》の碁友達でござっての。

その娘御《むすめご》たか殿がこんど嫁入りされることになった」

「なるほど」

　と冬木が相槌を打つ。

「たか殿にはまことに申し訳ない仕儀になってしまったが、内膳様は嫁入りすれば芝居見物もままなるまい、と申されてな」

「ははあ」

　冬木が横を向く。俊介は一問一答を熱心に筆記する。

「すまぬが、芝居見物に連れて行ってくれぬか、と申されましての」

「ほう」

「それで娘どもとお連れして、遅くなり申したのでお泊めした。まず、そういう次第で」

　他家の娘を無雑作に泊める！　冬木が驚いたように眉を吊り上げた。

「ははあ。してその際、ご子息はどうされましたか？」

　鋭く畑野の目を見る。

「ああ、あれも同道いたした」

「そのとき、なにか変わったご様子はありませんでしたか？　たとえば、たか殿と諍《いさか》いをなさるとか？」

　じっと畑野の表情を窺う。

「いや。一切、さようなことはござらん」

　と畑野もじろりと冬木の顔を睨《にら》む。

「仲よう過ごされましたか？」

「左様じゃ」

　畑野はしきりにうなずく。

「ははあ？」

　冬木が首をかしげた。

「ときに」

　と畑野が唐突に言い出した。

「組頭の木村伊太夫殿はお元気かな？」

「はあ、息災でござる」

「左様か。よく存じておる。懇意な仲でな。よしなにの」

　畑野は傲然と胸を張った。冬木は俊介を振り返って、せ、ん、ぶ、りを舐めたような顔をしてみせた。

聴取の一部始終は、俊介がすべて書き取った。

この間、小人目付の天野林蔵は邸内をくまなく調べた。

怪我をした娘二人は、左近の隣の部屋に前夜と同様に並んで寝かされていた。医師がそばについている。

二人とも、人並み以上の器量のようだが、いまは白い包帯につつまれて、青白くやつれてみえる。

徹造の遺体は検視もすまぬうち、ということで、廊下に倒れたままであった。流れた血もそのままだ。

五尺六寸あまりの、がっちりした若者である。食いしばった歯に、利かぬ気がありありと見える。

流れ出た血が黒く廊下を染め、血だまりの端は、すでに乾きはじめていた。

台所では、家臣や中間、下男、女中らが額を寄せ合っており、天野が顔を出すとあわてて頭を低く下げた。

天野はかれらをひとりずつ裏庭へ呼び出して話を聞いた。

とくに新しい聞き込みはなかった。

妾のとみは自室に閉じこもっており、天野が覗くとぎょっと顔をあげた。怯えているようだ。

小太りの、色の白いことだけが取り柄のような、平凡な中年女である。

天野は思わず鼻を鳴らしそうになったが、簡単に前夜のことを聞いて、すぐ襖をしめた。

三

その夜。

海津軍兵衛は、古い道場仲間の飯田三蔵と行きつけの深川・三間町の小料理屋『粋月』で飲んでいた。

「うむ。こいつはうまい！」

三蔵が嘆声をあげた。

今夜の肴は平目の刺身と松焼き（松茸の焼物）である。三蔵が喜んだのは平目の方だ。

「やっぱり、魚は江戸前でなけりゃな」

と言う。

加世は黙って頭を下げる。

じつは銚子ものなのだが、加世はそういう話の腰を折るようなことは言わない。

五尺そこその短軀だが、飯田三蔵、剣も強いし酒も強い。食い物にもうるさい。

金貸し稼業のくせに、気風《きっぷ》もいい。

軍兵衛には特にいい。

「ときにな」

「おう、なんだ」

軍兵衛がぐいと盃をあける。

「幽霊屋敷の話、聞いたか?」

三蔵がチラと眼を光らす。

「おお。俊介がなにか言っておった」

軍兵衛がつまらなそうな顔をした。

「親父は乱心と言っておるようだが、実際はそうじゃないようだぞ」

「幽霊は出ないのか」

軍兵衛、人には言わぬが幽霊話は好まぬ。

実は、幽霊は見たことはないのに、こわい。得体の知れぬものは嫌いである。

「いや、そういうことではない」

「ではなんだ」

面倒臭そうに言う。

「噂だがな。あの家の父親は驚くような色狂いでな。あの斬った息子は父親の妾とは、口もきかなかったそうだ」

「ふうん。よくある話だの」

「だから、あの刃傷沙汰《にんじょうざた》には、もっと裏があるようだぞ」

三蔵がじっと軍兵衛を見る。

どうだ、と言わんばかりである。

「ふん。幽霊の正体見たり、かな」

と、とぼけてみせる。

「ふふ。そうかもしれん」

三蔵、仕方なさそうに笑った。

「おい。おぬし、またわしに謎をかけとるのではあるまいな」

と、軍兵衛が身を乗り出した。

「いやいや、まったく。おぬしに謎なんかかけても、一文にもならぬ」

三蔵が天井を見上げてうそぶく。

「違いない」

二人、顔を見合せて、にやりと笑う。

だが、このにやりの中身は二人、ちょっと違う。

三蔵のは、

「魚はかかったかな」

という笑い。

軍兵衛のは、

「その餌は食わぬぞ。だが、ちょっとは当たってみてもいいな」

というにやりである。

帰りがけ、軍兵衛はそっと加世に耳打ちした。

「あすになったらの、例の筌《うけ》をひとつ出しておいてくれぬか」

「はい。明日《あした》になったら、でございますね」

加世が念を押す。

間違えることを死ぬほど嫌うひとである。

「そう、あすだ。今夜のうちに出すと、あいつ何刻《なんどき》でも飛んでくるからの」

「はーい」

加世が何度もうなずく。

笙ひとつは小人目付・天野林蔵への、「至急、会いたし」との合図である。

次の夜、軍兵衛はこの事件の裏事情の調べを天野に頼んだ。

さらにその次の夜。

笙ふたつで呼び寄せた深川・六間堀の御用聞きの長次には、畑野屋敷についての付近の噂集めを命じた。

俊介にはなにも言わなかった。

徒目付扱いの一件なので、なまじ関知させぬ方がよい、と思ったのである。

四

天野の報告は三日後にきた。

場所は、いつもの『粋月』だ。

「幽霊話は、まあ町の噂ですな」

　ぐびりと酒を飲んで天野林蔵、

「どこにでもあるような女の幽霊って話で、実際に見たという仁は見当たりませんな。当たり前って言えば、当たり前の話ですがね」

　首を振りながら言う。その間も、ひっきりなしに盃に手を伸ばす。肴をつまむ。

「そりゃ、そうだろう。だが、そんなことだけ知りたいわけじゃないぞ」

　と軍兵衛、じろりと天野を睨む。

　本人はべつに睨んでいるつもりはないらしいが、見られている方はそう思う。

「はあ。ですから、ちゃんと他の耳よりな話も聞いてきましたよ」

　天野、したり顔をする。

「ほう。どんな話だ？」

「あの畑野左近という旦那、評判悪いですな」

「どうして？」

「とにかく、女癖が悪くて、おまけに酒乱らしい。酔うと狂暴になって、手がつけられんそうで」

「ふうん」

軍兵衛、苦い顔をする。

「それから、あの大番頭の娘さんねえ、大怪我をした。名前はなんていいましたっけね？」

天野、とぼけたような顔をする。

また、ぐびぐびと飲む。

「たかとかいったな」

「その、たか女《じょ》はですな。すでに嫁入り先が決まっておりました」

「そうらしいの」

軍兵衛もそのくらいは俊介から聞いている。

「しかも、公儀にちゃんとお届けして、ご老中列座のうえ、正式な許しも頂戴しておると、こういうことです」

「ふふーん。それは気の毒なことになったものだな」

軍兵衛、よそを向いて言う。

「まあそうですな」

天野も少々索然としている。

「嫁入り先はどんな男だ?」

「ええと、名前は忘れましたがね、旗本寄合席の二十二歳。たしか、そうでしたな」

「ふーむ。三人斬って切腹した嫡男と同い年だな」

軍兵衛、顎をつまむ。

「そうでしたかね」

「この祝言はちょっと問題だな。揉《も》めるかも知らんぞ」

軍兵衛が少々、意地悪そうな顔をした。


長次からの知らせは、その二日後であった。

忙しい仕事があったらしく、夜五ツ半(九時)過ぎにようやく、海津家に駆けつけた長次は、

「いやあ、遅くなりました。どうも」

と汗を拭きながら、ふーっと吐息をついて、

「だけど大旦那ね。大旦那の前だが、あの旦那はとんでもねえシロモノですぜ」

と言った。

「あの旦那とはだれのことだ？」

軍兵衛は、およそ愛想のない聞き方をする。それでも、長次を居間には手真似であがらせる。

「決まったことで。ほら、三人斬りのあった屋敷の御当主、畑野様ですよ」

長次が、この大旦那、少々ボケてきたのかな、という顔をする。

「畑野殿がどうだというのだ？」

「どうのこうのじゃありませんよ。あの旦那が屋敷にお妾を住まわせていなさることはご存知ですよね？」

「ああ、聞いておる」

ちょうど寝るところだったらしいおよねが、ふくれっ面をして冷酒と漬物を運んできた。

軍兵衛の声で来客に気づいて、である。

「屋敷にいるお妾を、チャンバラをやった徹造という息子が蛇蠍《だかつ》のように嫌っていて、家の中は常に一触即発といった空気だったたってえこともご承知でしたか？」

「ふふ。だいぶ難しい言葉を知っておるな」

軍兵衛が長次に酒を注いでやる。

ちょっと盃をいただいてみせて長次が、

「冷やかしちゃいけません。ところが畑野の旦那というのが物凄い色狂いでね。ほかにも二人、妾を囲ってるってのはご存知でした？」

「いや知らんな」

「柳橋と深川。両方とも素人上がりでさ」

「ふふん」

「それでね、その徹造という惣領のほうは真面目一方、コチンコチンの堅物ときたもんですよ」

ぐいと飲む。

「ふうん」

「屋敷の中、うまくいくわけはありませんや」

「まあ、そうだろうな」

軍兵衛に長次が酌をする。

「もっと、びっくりする話がありますぜ」

長次の眼がきらりと光った。

「ほう、なんだ？」

軍兵衛、漬物皿から顔をあげる。

「あの斬られた大番頭のお嬢さん、お嫁入りが決まってたってのはご存知ですよね？」

「ああ、聞いとるよ」

みな同じことを言うな、と軍兵衛は思う。

「その嫁入り前の娘さんが、どうして畑野の旦那のとなりの部屋に寝てたんです？　いくら友達と二人といっても、大きな屋敷ですよ。部屋はいくらでもあるのに」

軍兵衛は露骨に不機嫌な顔をして、

「まあ、それは。そのたかという娘さんが恐がりで、一人じゃ寝られなかったんだろうよ」

軍兵衛、なんとなくそっぽを向いて、咳ばらいする。

「まあ、そうも思いたいですよね」

「そりゃ、そんなとこだろうよ」

軍兵衛、あらぬ方に目を向けて言う。

この手の話は嫌いである。

「ところが、大旦那、それが大違い」

「うう?」

軍兵衛、いやそうに長次の方を向く。

「畑野の旦那はとうに、あのお嬢さんに手をつけていたらしいんで」

「なにを。嫁入り前の娘さんだぞ」

軍兵衛の顔のくまが、急に濃くなった。

「まあ、お聞きください。あの畑野様と長谷川様は碁友達だかなんだか、昔から仲良しだそうでしてね。家族同士も親戚同様だった。畑野様は長谷川様を遊びに連れ出して、あとでそれを種に金を借りてたって噂もあるようで。まあ、これは体《てい》のいい強請《ゆすり》ですな。御大身の弱みですよ」

「ふん」

「畑野の旦那ってのはなにか中国筋の御大名と縁続きだとかで、それで禄高以上に大きな顔をしているんだそうです」

「なるほど」

軍兵衛は露骨に、そんな話は聞きたくない、という顔をして、煙管《きせる》を取り出した。

「双方が出入りしているうちに、畑野の旦那がおたかお嬢さんといい仲になって、とうとう手をつけてしまった」

「三十以上も年がちがうのに、か」

軍兵衛が煙草《たばこ》の煙を吹き上げる。

「そんなことがあるか、とおっしゃるんでしょうが、どうもこれがあるらしい。娘さんの方もどうかと思いますがね」

「まあ、待て」

軍兵衛が顎を突き出す。

京や江戸の「上《うえ》つ方」の昨今の風儀の乱れは、軍兵衛も耳にしてはいるが、あまりこの手の話は信じたくない。

「いや、これは家来や使用人たちの噂だけかもしれませんがね」

「そりゃ、そうだろう」

ここで長次が意地悪そうな顔で、一呼吸おいて、

「ところが、この畑野の旦那というのは『今業平《いまなりひら》』っていわれるほどの男前で

ね。おまけに、よっぽどの女好きというか色狂いというか。このごろは、もっぱら素人好みでね。使用人の女房や娘にまで手を出す」

「ほんとか？」

「ええ。女房を取られてねじ込んだ若党は去年、手討になったそうですぜ」

「なんと！」

軍兵衛の顔がますます奇っ怪になる。

「とにかく、鏡心明智流《きょうしんめいちりゅう》の大目録とかで、腕も立つから手がつけられない。家来や使用人は戦々恐々だそうです。親戚一統にも鼻つまみでさ」

「ふうん」

軍兵衛が腕を組んだ。

「最近ではね、おたかさんの妹のおちづさんという、まだ十二の子にまで色目を使って、反物や帯、半襟をあげたり、簪《かんざし》、化粧道具を土産にしたり、外での食事に誘ったり、大変だそうです」

「だが、十二といえば、まだ子供だろうが」

軍兵衛が乱暴に灰吹きを叩く。

「それが大旦那、長谷川姉妹といったら、近所でも評判の美人姉妹で、とくに下のおちづさんは舞とお琴の名手だそうで。旗本のドラ息子連中の垂涎《すいぜん》の的だそうですぜ」

「ふうん。まあ、美人はいろいろ噂を立てられるからな」

軍兵衛、悟ったようなことを言う。

「まあ、それだけならよろしいんですがね」

「ところで、幽霊の話はどうだ？」

軍兵衛がいきなり話題を変えた。

「ああ、みんな知ってますがね。長い裳裾《もすそ》を引いた奥方風の幽霊なんだそうで。ただ、本当にこの目で見たって人はつかまりませんねえ」

「ふふ。そんなところだろうな。だけど長次よ」

軍兵衛が恐い眼をして長次をねめつけた。

「いまの長谷川、畑野両家についてのあらぬ噂話は、よそでは喋るなよ。いずれ、こういうことにはお上がちゃんとしたけじめをつけてくれる」

軍兵衛が厳しい表情をつくる。長次が目を逸らす。

「へえ、それはわかってます。あらぬ、かどうか、まだはっきりしませんからね」

「はっきりしても、だ」

軍兵衛、ますます口をへの字にする。

「へえ」

長次は眼を光らせたまま、横を向いた。

だが、残念なことに、世の中は軍兵衛の思うようにはうごかなかった。

五

処分が出た。

小川町の畑野家での三人斬りについての、評定所からの正式な申し渡しがあったのである。

事件から約二か月後の、十二月中旬のことである。

申し渡しは江戸城中、芙蓉《ふよう》の間にて老中列座のうえ、行われた。

内容は、

「病気につき、願の通り、御役御免」

というもので、大番頭長谷川内膳に対してであり、名代《みようだい》がこれを承《うけたまわ》った。

「それだけか？」

城から下がってきた俊介から、これを聞いて軍兵衛が口を尖らした。

「あの畑野はどうした？　あのような不祥事を起こして、御構いなしか？」

「いや、畑野殿は差し控えということで」

俊介が居心地悪そうに座り直す。

「なに？」

軍兵衛が眼をぎょろりと剝く。

「はあ。何分、下手人の惣領徹造が自裁しておりますので……」

俊介、下を向いて膝の糸くずを払ったりしている。

「それで相済み、か？」

「はあ。そのようなことで」

俊介の躰がひとまわり小さくなった。

「馬鹿な。長谷川家のたかという娘は婚儀取りやめとなったそうではないか。

天野から聞いたが、それでも畑野家には大した傷がつかんのか？」

軍兵衛の顔が、いつもよりさらに赤くなった。

「そのようで」

「ふうむ」

軍兵衛、腕を組んで、

「なぜ、婚儀が破談になったと思う？」

「それは……つまり、顔の傷では？　ほかに手も」

「ちがうな」

軍兵衛、ニべもなく打ち消した。

「すると、あの噂のためで？　畑野殿となにかあったとか、なかったとかいう？」

「噂の真偽などどうでもよい。お前に聞くが、人の顔形のことをどう考えておる？」

「はあ。あまり考えたことはありませぬが……」

俊介は思いがけぬことを聞かれて、狼狽《ろうばい》気味である。

「せぬが、なんじゃ」

「見かけもやはり、大事かと思います、とくに女子《おなご》には」

俊介はお弓のことを考えている。

「ふん。それが一般だな。だが違うぞ」

「はあ？」

顔をあげて軍兵衛を見る。

「女に大事なのは、顔よりも心延《こころば》えじゃ。下種《げす》な噂を立てられるようでは、話にならん」

「ははあ。いかにも。して男には？」

「それはな。心意気だ」

軍兵衛、何度もうなずく。

「ははあ。なるほど」

「とにかく、美男、美女などというものは、たいがい頭が悪いと相場が決まっておる」

「ははあ」

これもまず一種の我田引水ではないか、と俊介は思う。思うが口には出さない。

出したら、食い殺される。

「とにかくだ。こんなことを引き起こして、人様に大迷惑をかけて、それでも恬《てん》として責めを負おうとせん。元はと言えば、己のふしだらな行状から起こったことではないか。男として、武士として、それで済むものかどうか。お前も自分で考えてみろ」

軍兵衛はぷいとそっぽを向いてしまった。俊介は憮然《ぶぜん》として自室に引き上げた。

翌日、軍兵衛は天野林蔵と長次を呼んで、畑野、長谷川両家についての諸種の噂の裏を探るように頼んだ。

むろん、人手を惜しみなく使えるよう、軍資金は十分に与えた。

五日後。

天野が『粋月』で軍兵衛に会い、

「わかり申した。あの幽霊話の真相が」

と言った。

それから、天野は店の中を見廻し、客が多いのを見て、軍兵衛になにごとか耳打ちし、大急ぎで酒を三、四杯流し込んで、消えた。

その後、軍兵衛は腕組みをしてしばらく考え込んでいた。やがて、

「よし！」

とつぶやき、加世に勘定をはずんで、例の奇っ怪な笑顔を見せ、すいと帰った。

軍兵衛の食事の後片付けをしながら、加世は溜息をついた。なんだか心配だったのである。

次の日。

軍兵衛はふたつのことをした。

まず、ふたたび天野林蔵に連絡をつけて、畑野屋敷から片時も目を離さぬように言った。

次に、軍兵衛自身、早朝から表六番丁の長谷川内膳方の見張りに長次を連れて出かけた

長谷川屋敷の斜め前に辻番小屋があり、その番人に金をつかませて、小屋から屋敷に出入りする男女の人相、風体を三日にわたって見届けたのである。

長谷川内膳その人には、軍兵衛もお役目当時から面識があったが、そのほかの家内の人は知らない。

この見張りで軍兵衛は同家の家族、家臣、使用人たちの構成をはじめ、怪我をしたたかはまだ外出できぬようだったが、その妹のちづや家臣、奉公人たち

の顔を克明に記憶し、覚えまで取った。

ちづという子は舞踊と琴の稽古に通っているとかで、たびたび外出した。まだ十二だということだが、細身の背丈は大人並みで、評判通りのはっとするほど美しい少女だった。

おとなしそうだが、動作は森の動物のようにしなやかで、すばやい。姉のたかとちがって、色はやや浅黒いが、両目がきりりと吊って、いかにも勝気そうに見えた。

畑野左近にも、軍兵衛はかすかに面識があったが、天野によると一件以来、屋敷に閉じこもって他出していないらしい。

——しかし、いつまでも……。

そうしてはおられまい、と軍兵衛は思う。

刃傷に遭った畑野、長谷川両家のいずれかから、必ず一件についての後始末の話し合いの申し出があるはずである。

そしてその動きは畑野家より、むしろ長谷川家からあるかもしれぬ、というのが軍兵衛の読みである。

畑野家の方は、いわば身から出た錆《さび》だが、長谷川家の方は違う。まったくのとばっちり。娘御の婚儀は破談になるし、いい面の皮と思っているだろうからだ。

なにか動きがあれば、それにつられて畑野左近も出てくるかもしれぬ。そこが狙い目だ、と軍兵衛はひそかに思っているのである。

軍兵衛だって、どんな事件にもいちいち面《つら》を突き出したいわけではない。

やむにやまれぬ時だけ、である。

そして、今度の一件については、

「これはどうしても、このままには、しておけぬ」

という、強い衝動が軍兵衛を衝《つ》き動かしていた。

長谷川家の見張りがすむと、軍兵衛はいちおう屋敷に引き上げ、長次を畑野家見張りの人数に加えた。

何といっても、一件の中心である畑野の屋敷に見張りの重点を置いたのである。

軍兵衛が畑野家の見張りの手配りに躍起になっているころ、俊介はお弓と浅草の甘酒屋にいた。

夜詰明けのこの日、

「あたし、観音様に行くけど、一緒に行きません？」

と誘われたのである。

むろん、俊介はこういう場合、つねに二つ返事だ。

お弓は足の悪い患者に頼まれて、年の瀬のお札納めにきた。

きょうは急ぎではないから、舟は使わない。青い冬空の下を、大川橋を渡ってのんびり歩いてきたのである。

初雪はとうにお印《しるし》ばかりあったが、きょうはいい日和《ひより》。寒さもそれほどではない。

参詣の帰りに甘酒屋に誘ったのは俊介である。

観音さま横手の東本願寺前には、甘酒屋が三軒も並んでいる。

その一軒に入った。

看板に、

「三国一　根元」

と大書してある。

「ねえ、根元《こんげん》ってなにかしらね？」

「うん。本家とか元祖とかいう意味だろうね。どの店にも書いてあるよ」

「まあ、おかしい」

二人、笑い合う。

「お汁粉よりいいんでしょ？　これだって、お酒だから」

お弓が俊介を掬《すく》うように見上げる。

「うん。だけどこれ、ほんとは酒の気《け》はないんだ。米と麹《こうじ》を混ぜてつくるのさ。だから、甘いだけだ」

「ふふ。お気の毒さま。そのうち、あたしも飲めるようになったら、居酒屋でもなんでも付き合って差しあげますからね」

お弓が俊介の顔を、覗き込むようにして言う。

「はいはい。いつのことやら」

帰り道、浅草広小路を歩きながら、お弓が気になることを言った。

「ねえ」

「なんだい」

俊介は偉そうに腕組みして歩いている。

「こんどねえ。お父さま、お弟子さんを取るんですって」

「へえ、そう」

俊介が腕組みを解いた。

「知り合いのお医者様の薬持ちをしてた人でね。代診くらい務まるんですってよ」

「ふうん。いくつくらいの人？」

俊介、真顔になった。

「二十四だって。俊介さんとおんなじね」

ちらりと流し目で俊介を見る。

「ほう。そりゃ、お父さんは心丈夫だろうけどさ」

俊介は浮かぬ顔をする。

「けど、なに？」

「その人、お弓ちゃんのお婿さん候補じゃないのか？」

俊介、不機嫌そうな声になった。

「まさか。……だけど、わかんないかもしれないわね。いまのところ、お婿さんになってくれそうなお方はいないし」

お弓がまた俊介を見る。

「………」

「こんな話、やめましょ」

お弓が伏し目になった。

俊介はいくらか慌て気味に、

「うん。まあさ。事情ってものはどんどん変わるしさ。お弓ちゃんはまだ若いんだから」

「どうせ、子供だっていうんでしょ？」

お弓がつんと顎を突き出す。

「でもさ」

「言っときますけどね。あたしは当年とって十七歳。子供じゃありませんよ」

お弓は不機嫌そうに躰を振ってみせる。

俊介はつい、鴇《とき》色の対の袷《あわせ》と羽織に包まれたお弓の、胸から腰にかけての曲線に目がいってしまう。

「わかった、わかった。……話はちがうけどさ。おれ、いま親父殿が心配なんだ」

俊介が強引に話の向きを捻《ね》じ曲《ま》げた。

「どうしたの?」

お弓がちょっと眉をひそめる。

「ほら。神田・小川町であった三人斬りの一件さ」

「ええ、ええ」

お弓が素直にうなずく。

「あのことに、馬鹿に熱心でね」

「ふうん。御父上にはちゃんとお考えがあるのよ」

お弓はつんと首を反らして言う。

「そりゃそうだろうけど……」

「俊介さんはね。いつも通り、陰から応援してればいいんですよ」

じれったそうに断言する。

「陰からねえ。それが、こんどはやけに難しくて」

「大丈夫よ。俊介さん、ほんとは頭いいんだから」

お弓、流し目で俊介をちらりと見る。

「おいおい、ほんとは、かい?」

そこで二人、ぷっと吹き出した。

俊介は軍兵衛のこの事件への力の入れ方の並々でないことを知って、ひそかに身震いするほど心配しているのである。

だが、軍兵衛の見張り作戦には収穫があった。

四日後、思いもよらぬ形で、である。

六

その日の夕暮れ、軍兵衛も顔見知りの天野の中間が海津家に駆け込んできた。

弥助の知らせで、所蔵の鍔《つば》の手入れをしていた軍兵衛が玄関先まで出た。

「どうした？」

仁王立ちになって聞く。

「ま、まずこれをご覧ください」

こわごわ中間の差し出す手紙を開くと、走り書きで、

「畑野家に書状を届けた者あり。長谷川家の下男であったので、門番に渡す前に少々脅して、手紙の主を聞き出した。驚くべし。即刻、御出馬を」

とあった。

——少々どころか……。

だいぶ、脅しつけたのであろうよ、天野のやつ。

差出人が意想外らしいの。

思わせぶりをしおって。

軍兵衛は含み笑いをしながら、すばやく支度して出かけた。

畑野の屋敷の向かいに空き屋敷がある。

屋敷替えになって、後釜がまだ決まらないのであろう。

天野や長次たちは、その壊れかけたくぐり戸から畑野家を見張っていた。

長次が手まねきしている。

軍兵衛、ゆっくりくぐり戸から入った。もう日は落ちた。

「誰からの手紙だった？」

じろりと天野林蔵を睨む。天野はにやりとして、軍兵衛の耳に口をよせ、ささやいた。

「なに！　本当か」

思わず声をあげる軍兵衛を長次が、

「しっ！　誰か出てきます」

と押さえた。

畑野家の門脇のくぐり戸が開いて、侍がひとり出てきた。

藍微塵《あいみじん》らしい袷《あわせ》に唐桟《とうさん》の袢纏《はんてん》をはおり、着流しに脇差だけ帯びている。

頭巾もかぶっていない。

畑野左近である。

もう怪我は癒《い》えたらしい。

——差し控えではないか……。

なんという恥知らずな、と軍兵衛は舌打ちした。

差し控えは微罪で、門は閉じねばならぬが、夜ひそかにくぐり戸から出入りすることは大目に見られていた。

それでも、外出のときは面体を隠すのが作法である。

この傲慢無礼な男は「今業平」とかいわれるだけのことはあった。たしかにいい男ぶりではある。

背も五尺七寸はあるようだし、鼻が高く、細長い吊り目である。とても五十には見えない。せいぜい三十七か八。

宵闇の中を、傲然と北へ歩いていく。

供はいない。

かすかに、酒の匂いをうしろに曳《ひ》いていく。飲んでいたようだ。

軍兵衛が天野や長次らを手で押しとどめて、一人であとをつける。

さらにその軍兵衛のあとを、十間ほどはなれた屋敷の門の陰に隠れていた男が追う。

ちらりと見えた顔は俊介である。

その後を、長次もひそひそとついていく。

畑野は小川町の広小路から稲荷小路を行く。

いつの間に現れたのか、俊介と長次のあとを、さらに二人の侍がつけている。

剣客風の浪人である。

畑野が刃傷沙汰一件のあと、念のため雇った用心棒らしい。

稲荷小路のはずれには小高い丘がある。

稲荷神明社である。

畑野はその狭い、古びた石段を上がっていく。

時刻はもう六ツ半（七時）近い。

丘は鬱蒼《うつそう》とした杉、檜《ひのき》などの森に包まれている。てっぺんに狭い空き地があって、その奥に小さなお堂がある。

堂には燈明ひとつ上がっていない。

あたりは星明かりで、おぼろに見えるだけである。

かすかに、湿ったような古い樹木と苔《こけ》の匂いがする。

冷気と闇がひしひしと軍兵衛の躰を押し包む。

畑野左近は、打ち合わせ済みとみえて、迷わずに堂の右手へ回っていく。

軍兵衛はそれを木陰伝いにつける。

唐突に、堂の陰から人影が出てきた。

七

声が聞こえる。

畑野を待っていたのは女だとわかる。だが、なにを話しているのかは、聞こえない。

軍兵衛は二十間ほどはなれた木陰に隠れていた。

畑野がしきりになにか言っている。

畑野が近づくと、女がさがる。

近づくと、またさがる。

――あっ！　あれは……。

やはり天野の言った通り、女は長谷川家の妹のちづという子だ。あの子が畑野を呼び出したのだ。

あの身軽な動き、間違いない。

二人は追いかけっこのように、つづけて堂の裏手へ回っていく。

ちづが小走りに逃げ出した。

逃げながら、ちづはときどき振り返ってなにかを言う。

畑野が次第に本気になってゆくのがわかる。

ふたりは堂の真裏に出た。

古い木柵が左右に伸びている。

柵の向こうは石垣にたたまれた断崖である。高さは二十間もあろうか。

柵の前でちづが立ち止まった。

顔をかしげて笑っている。

畑野が捕まえようとして手を伸ばした。

ちづがするりと木柵の下をくぐり抜けた。

断崖の縁までは、五寸あるかどうかの狭いところである。そこで、ちづはなにかを言いながら、踊るような仕草をしてみせる。

畑野が柵の下をくぐった。

とたんに、畑野はつんのめる。

絶叫——。

なんとも言えぬ叫び声が、尾を引く。

闇の空間を、人間が落ちていくのがわかる。

やがて、なにか柔らかいものが固い物にあたってつぶれたような、鈍い音がした。

そのあとは、どうであったか。

咄嗟《とっさ》のことで、軍兵衛も正確には覚えていない。

ただ突然、堂の反対側から武士がふたり現れ、なにか喚きながらちづへ襲いかかっていった。

先頭の男の抜き身が、ちづに届きそうになった。

間に合わぬか！

軍兵衛がそう思った一瞬、闇を裂いて飛んできたなにかが、男の顔面を打った。

たたらを踏んだところへ駆けつけた軍兵衛、抜打ちでその用心棒を右脇から胸元まで斬り上げた。

残った一人には、軍兵衛もやや手こずった。

もともと居合の技は蹲踞《そんきょ》して、抜刀の瞬間に振るうものである。抜いてしまって、しかも立っていては、軍兵衛でも、あまり勝手がよくない。

しかも、この相手はかなりの遣い手だ。

北辰一刀流であろうか、痩せた長身を上下にたえず軽やかに浮動させる柔軟な構えである。

二人、何合か打ち合う。

躰が何度も入れ替わる。

相手の太刀筋は、恐ろしく早い。

軍兵衛、じりじりと刀を下段に移す。

これに応じて、相手が八双の構えに変わろうとした瞬間、喉への捨て身の突き技。
　これが間一髪、決まった。
　ようやく、この難敵を斃《たお》して、軍兵衛はほっと息をついた。
　――こいつらは殺すまでもないのだが、ちづ殿の顔を見てしまったからの
……。
　呟いて、刀を拭《ぬぐ》う。
　闇の向こうに走り去る俊介らしい後ろ姿を見て、にやりと笑う。
　――あいつの礫打《つぶてう》ちも、だいぶ上達したようだな。
　あたりを見回すが、ちづの姿はすでにない。
　軍兵衛が刀を振るっている間に、ちづは素早く動いた。
　木柵の杭と崖ぎわの立木の間に張り渡しておいた、二本撚《よ》りの琴糸を手早く
鋏《はさみ》で切り取り、巻いて袂《たもと》へしまうと、堂の裏手の細道を一散に駆け下りてしま
っていたのである。
　軍兵衛は畑野が転落した場所へ行ってみた。
　柵の根元近くに、短い糸の切れはしが残っていた。なにかで黒く染めてある。
　――うーむ。これでは見えんわ……。

軍兵衛は唸った。

自分を囮《おとり》にする……。

これが十二の女の子の知恵か。

出し抜かれた、という感じはあまりしなかった。

呆気にとられただけである。そして、

――かたちとしては……。

この方がよかったかもしれぬ、と思った。

八

柳原の土手を両国橋へ向かいながら、長次が前を行く軍兵衛に問いかけた。

「さっき、山へ上がる前、天野様はなんと言ったんです?」

「ああ、あれか」

もう俊介はもちろん、天野も長次の手先たちもすべて姿を消している。

「あれはの。手紙を出して畑野を呼び出したのは長谷川のちづ殿だ、とそう言ったのさ」

「はいはい、なるほど。だけど、なんであんな子供が危ない真似をしたんでしょうね」

長次は熱心に聞く。好奇心も人一倍だし、もともと商売熱心な男である。

「あれは、姉の敵討《かたきうち》さ。大人どもが誰もちゃんとした始末をしないからだろうよ」

「嫁入りがだめになったのは、あいつのせいだってわけですかね？」

「まあ、そうだな……」

軍兵衛、なんとなく言葉をにごす。

「それから、今度のことはわからねえことばかりで……。そもそもあの徹造という息子は、なんであんなことをやらかしたんです？」

軍兵衛、ちょっと考えて、

「あれも、敵討さ」

「へえ。だれのです？」

「十年前に死んだおふくろのさ」

「なんですって！」

長次、つまずきそうになる。

「まあ、そうだと思うよ」

「どうしてです？」

「あれは病死ということになってるが、じつは畑野が斬り殺したのだ」

「へえ！　いったい、どうして？」

長次、興奮して次第に言葉がぞんざいになる。本人は気がつかないし、軍兵衛はそんなことには頓着《とんちゃく》しない。

「畑野は、本性、女癖の悪い奴でな。妾を屋敷へ連れ込んで住まわせた。妻妾同居というやつだ。それに、本妻が文句を言ったら、うるさい、で斬ってしまったのさ」

「なるほど。近頃も若党を手討にしてる。やっぱり酒乱なんだ」

長次、しきりにうなずく。

ときどき、手拭をかぶった柳原名物の夜鷹が、

「ちょっとお」

などと声をかけてくるが、二人の風体を見て、あわてて柳の陰に引っ込む。

「あの、幽霊話もこの本妻の御手討一件から出た噂のようだな」

と軍兵衛、ちらりと長次を振り返る。

「ははあ」

長次は腕組みして歩く。

「だから、徹造はおふくろの敵討をしようと思ったのさ。男の子には母親は絶対、だからな」

「へえ。そんなもんですかね」

長次が首をひねる。

「母親は絶対さ」

「じゃ、父親は？」

「まあ、せいぜい特別ってくらいかな」

軍兵衛、振り返って笑う。

「おやおや。男ってあわれですねえ」

「まあ、そうさ」

「へえ。それがどうして、長谷川様のお嬢さんなんぞを？」

長次が首を伸ばした。これを一番聞きたかったらしい。

「これはの、あまり言いたくないが、徹造は父親とたかとの噂を聞いて、妾と勘違いもども心外な女たちだと憎んでいたのさ。逃げだした妹は、妾のとみと勘違いして斬ってしまった。妾だから、当然隣の部屋にいるだろうと思ったのだな。声でも似ていたのかもしれん。父親は憎んではいたろうが、殺意まではなかったようだな」

「うへえ。なあるほど」

話がしばらく途切れる。

ひたひたという二人の足音だけがする。

通行人はまるでない。

「それにしても、今夜のあの娘さんは末恐ろしいような子ですね」

長次は、まだ聞きたいことがあるらしい。

「姉の敵討といったが、本当はもう一つ、根っこがあるかもしれんな」

軍兵衛が、口重そうに言う。

「と、言いますと？」

暗い中で、長次の眼が光る。

「姉への嫌悪もあっただろうな」

「ええ？　ほんとですかい？」

疑わしそうな声。

「若い、潔癖な娘だからな。ふしだらな男と女への憎悪が、まとまって畑野へぶつかったのかもな」

「まさか、あの子はまだ十二ですよ」

「長次よ。女は十二でも女なんだよ」

「うへえ。でも、こんなことをしでかして、あの子はこれからどうなるんですかね？」

　長次が首をかしげる。

「どうもなりゃせんさ。多分、ちゃんと嫁に行って子を産んで、澄まして一生を送るだろうよ」

　そう言いながらも軍兵衛、あるいは世の中を嘗《な》めて、間違った一生を送るかもしれんな、とも思っている。

「まさか！　大の男ひとり殺《あや》めておいて……」

「長次、長次。覚えておけよ。女というものは、昔のことは綺麗さっぱり忘れるもんだそうだぜ」

「へええ。おお怖ええ」

「ははは。かみさんにも気をつけろよ」

長次をからかいながらも、軍兵衛は二十年前に死んだ妻の佐和のことを思い出している。

――あれも……。

自分のことは、なにも言わぬ女であったな。

九

――いつまで続くかな……。

危ないものだ、と天野林蔵は考えていた。

足は稲荷小路から、水道橋を渡り、お茶ノ水の土手を本郷へ向かっている。

湯島天神下、三組町の御小人組組屋敷へ帰るのである。

今夜は、幸い妙な女の子が出てきたりして、まあまあうまくいったが、いつまでも続くものじゃない。

なにしろ、もういいお年なんだからな。

いい加減でやめていただきたい。

もっとも、わしは、いつまででもお手伝いするけどな。

世の中のことは一人、二人の力ではどうにもならん。それはよくご存知であろうに、これも性分というものか。

それにしてもあの父子《おやこ》、よく気が合うもんだ。

あれは、子の方が出来がいいからだな。

うふふ。

これは内緒ないしょ。あの平家殿に聞こえたら、逆に食われてしまうわ。


——ああ、いい心持ちだ……。

と御用聞きの長次、大きく胸を張って息を吸う。

両国橋を渡って堅川を越え、新大橋の手前で軍兵衛に挨拶して別れ、八名川町の横町を六間堀の我が家へ向いながらの、独り言である。

たいした旦那だねえ、まったく。

ちょいと意固地なとこが難物だが、ああでなけりゃ世直しなんぞできないね。

いつまでも達者でいて貰いたいな。

こちとらも、いくらでもお手伝いしますぜ。

俊介若旦那も、もうちょっと、なんだよなあ。

あれで、落ち着きってもんが出てくれれば言うことなしだ。

お弓ちゃんのことばかり気にしないでさあ。

ああ、いい心持ちだ。

なんとも言えねえ。


――今夜はまずまずだったな……。

俊介は軍兵衛より小半刻（三十分）ほど先に、深川元町の組屋敷に戻っていた。

しかし、ひやりとしたよ。

親父殿もいつまでも元気でいて貰いたいな。おれも手助けするからさ。

もう少し、正直におれの働きを認めてくれれば余計、いいんだが……。

それにしても、今夜のあの娘《こ》はどうだ。

あの眼の光、身のこなし。

女って、いざとなると凄いな。お弓もそうかなあ。いや、あの娘は根が優しいから違うだろうな。

――あいつも今夜は存外、いい働きをしたぞ……。

長次と別れて、新大橋から組屋敷へ歩きながらの、軍兵衛の胸の内である。

俊介のやつ、いまごろは何食わぬ顔をしてもう屋敷に着いているだろう。

澄まして「御帰りなさいませ」などと、ぬかすぞ、きっと。

まあ、あの石ころがなくても、わしが脇差を投げれば間に合ったがな。

あの「打ち物」という技さ。

だがやはり、若いものは時に、いい気持ちにさせておくのも大事なことだからの。

長次にはああ言ったが、あのちづという娘のこれからは心配だな。

しかし、人は自分の一生は自分で決めるものだから、あの娘も自分で決めるだろう。

親や世間のせいにするのは、あれはただの卑怯者だ。

それから……わしも当分、くたばりやせんぞ。

俊介には、これからも時には、ほどほどに助《す》けてもらうことにしようか。

あくまでも、ほどほどに、な。

小名木川の土手の枯《か》れ芒《すすき》を揺らして、渡ってくる夜風がつめたい。
だが、軍兵衛は首をすくめたりはせぬ。
極月《ごくげつ》も下旬である。夜空にはまばらな星だけで、月は出ていない。

（了）

父子目付勝手成敗《おやこめつけかってせいばい》　深川《ふかがわ》の隠居《いんきょ》

小林《こばやし》 力《りき》

学研M文庫

2008年9月22日　初版発行

発行人 —— 大沢広彰

発行所 —— 株式会社学習研究社

〒141-8510 東京都品川区西五反田2-11-8

印刷・製本 — 中央精版印刷株式会社

★ご購入・ご注文は、お近くの書店へお願いいたします。
★この本に関するお問い合わせは次のところへ。
• 編集内容に関することは —— 編集部直通　Tel 03-6431-1511
• 在庫・不良品（乱丁・落丁等）に関することは ——
出版販売部　Tel 03-6431-1201
• それ以外のこの本に関することは下記まで。
〒141-8510 東京都品川区西五反田2-11-8
学研お客様センター『父子目付勝手成敗』係
Tel 03-6431-1002（学研お客様センター）
落丁・乱丁本はお取り替えいたします。
定価はカバーに明記してあります。

こ-11-3